christa dyckerhoff · nein, heil hitler sag ich nicht

AF289387

Die Autorin, 1948 in München geboren, aufgewachsen in Köln, machte in jungen Jahren prägende Erfahrungen bei ihrer ehrenamtlichen Tätigkeit in Waisenhäusern und in der Psychiatrie. Später wirkte sie als Kabarettistin in verschiedenen Ensembles und gründete 1980 das erste Frauenkabarett in Deutschland seit den 20er-Jahren. Es folgten mehrere sozialkritische Soloprogramme. Christa Dyckerhoff lebt und arbeitet als freie Autorin in München.

christa dyckerhoff

nein
heil hitler
sag' ich nicht

eine kindheit

März 2004
© 2004 Christa Dyckerhoff
Satz und Layout: Buch&media GmbH, München
Umschlaggestaltung: Kay Fretwurst, Spreeau
Herstellung und Verlag: Books on Demand GmbH, Norderstedt
Printed in Germany · ISBN 3-8334-0527-9

Eins

»**Marga**, hochinteressant das Gespräch mit dem Auer, fabelhaft, ich komme ein bisschen später, sei mir nicht bös«, sagt Professor Nauhof, der soeben eine hitzige Debatte mit seinem Kollegen Auer, ebenfalls Professor für Chemie an der Münchner Universität, unterbrochen hat, um seine Frau anzurufen.

Frau Nauhof hält jetzt den Hörer mit beiden Händen umfasst.

»Marga, hallo Marga, bist du noch dran?«

»Ja, Henrik«, sagt sie leise.

»Na Gott sei dank, ich dachte schon, die Leitung ist wieder unterbrochen.«

»Nein, nein, also bis nachher, Henrik, grüße Herrn Auer herzlich.«

Marga Nauhof legt den Hörer langsam auf die Gabel. Sie fühlt sich beklommen. Das Kindermädchen hat Ausgang, die Köchin wohnt neuerdings bei ihren Eltern, die drei Kinder schlafen und ihr Mann kommt später. Sie dreht den Volksempfänger an, Marschmusik ertönt.

Langsam geht sie ans offene Fenster, schaut in den Mai-Nachthimmel und denkt: »Stille da oben und kein Luftwarnfunk.«

Beruhigt schließt sie das Fenster, setzt sich in den schwarzen Ledersessel und nimmt den Roman vom runden Tischchen.

Einmal monatlich treffen sich Herr und Frau Nauhof mit Freunden zu einem Lesezirkel. Nächsten Freitag wird über »Mario und der Zauberer« von Thomas Mann gesprochen, den man vor sieben Jahren offiziell aus diesem Land ausgebürgert hat …

Frau Nauhof blättert, lehnt sich zurück, hält das Buch auf ihrem Schoß fest und schließt die Augen. Sie denkt an den ersten Lesezirkel nach Kriegsausbruch, denkt an ihren Mann, wie er nach der bestürzten Diskussion aufstand und erklärte: »Meine kleinen Mädchen sollen keine Angst und keinen Schrecken erleben. So haben Marga und ich beschlossen, den Kindern vorzumachen, der Krieg sei ein großes Spiel. Wir baten die Köchin, das Kindermädchen, die Nachbarn und den Hausmeister, mitzuspielen. Sie haben eingewilligt, trotz ihrer Zweifel.«

Frau Nauhof denkt an die verblüfften Gesichter ihrer Freunde und wie einer meinte: »Henrik, das ist ganz und gar unmöglich.«

Melanie Sommer aber, mit der sie auf der Kunstakademie studierte, stimmte zu, man solle es zumindest versuchen. Und dann redeten alle durcheinander.

Kurz darauf sagte Herr Nauhof: »Heute ist mir nicht der Sinn nach Buchbesprechung, lasst uns den Hemingway auf nächstes Mal verschieben, bitte.«

Alle waren einverstanden.

Plötzlich bricht die Radiomusik ab und Marga Nauhof wird aus ihren Gedanken gerissen: »Achtung, Luftwarnfunk, zwanzig Uhr zweiundfünfzig, Kampfflieger im Anflug auf München, suchen Sie sofort die Luftschutzkeller auf …«

Wie in Trance ist sie aufgestanden, dreht das Radio aus, geht ins Schlafzimmer vor den Spiegel, zupft das rostrote Sommerkleid an ihrem schlanken Körper zurecht und holt die schwarze Strickjacke aus dem Schrankfach.

Sirenen heulen in die Nacht. Fliegeralarm.

Mit zusammengekniffenen Augen im klassisch schönen Gesicht sagt sie beschwörend zu ihrem Spiegelbild: »Frau Nauhof, du hast keine Angst. Du spielst jetzt mit den Kindern wieder das Heuldrachenspiel, verstandibus?«

»Siiiiii, siiii, siiiiiiii, ich kann's am längsten«, schreit Heike so laut, dass sie husten muss. Thea und ich lachen. Aber sofort fiepschen wir wieder los, als der Heuldrache nochmal aufjault.

Mama kommt, lächelt, und macht die Balkontüre weit auf. Die rabenschwarze Nacht glotzt rein und der Heuldrache brüllt nicht mehr.

»Wer will die Flugbären sehen?«, sagt sie.

Heike und ich springen aus den Betten und rennen auf den Balkon.

»Ich mit«, sagt Thea.

Mama hebt sie aus dem Gitterbett und kommt zu uns. Wir hüpfen und winken, als wir die Flugbären ganz weit weg sehen.

»Jetzt aber schnell in eure Mäntel und Schuhe, und ab in die Kellerräuberhöhle«, sagt Mama und hilft uns dabei.

Dann öffnet sie die Wohnungstür und wir gehen raus.

»Wo ist Papa?«, sage ich auf der Treppe.

»Wo er meistens ist, in der Uni eben«, sagt Heike.

»Gleich sind wir in der Räuberhöhle«, schreit Thea auf Mamas Arm und strampelt.

Thea heißt manchmal Spitzi, wegen dem Mann der neben Papa stand, als wir ihn vorigen Winter im Institut besucht haben.

Papa hat diesem Mann später die Hand gegeben und gesagt: »Also Auf Wiedersehen, Herr Kollege.«

Da geht Thea zu ihm, macht einen Knicks, und sagt auch: »Also Auf Wiedersehen, Herr Kollege.«

Die Eltern und der Mann lachen.

Er beugt sich zu Thea und sagt: »Du bist ja ein Spitzbübchen.«

Die ist viel zu faul zum Sprechen, sagt immer nur, »ich mit« oder »ich auch«, wenn Heike und ich was tun oder was kriegen. Und so hat sie zu dem Mann gesagt: »Ich Spitzi«, weil sie nicht mal »Spitzbübchen« ordentlich aussprechen will.

Von der Treppe aus kann ich schon die eiserne Höhlentür sehen, die offen steht, wenn wir in der Nacht kommen. Und rote Notleuchten hängen an den Wänden.

Wie immer stellt Mama Thea auf den Steinboden, nimmt sie an der Hand und sagt zu uns: »Geht langsam runter, die Höhlentreppen sind sehr steil, haltet euch am Geländer gut fest.«

Heike tapst voran, ich hinterher und zuletzt Mama mit Thea.

Sissi, Peter, Helga und Robbi warten schon auf uns im Kellerhöhlengang.

»Immer kommt ihr so spät«, sagt Robbi. »So lange in der Wohnung zu bleiben ist höchst gefährlich, hat mein Vati gesagt, und auch, dass ihr eine Trödelfamilie seid.«

Heike zeigt ihm den Vogel und wir gehen den Höhlengang entlang.

Nachbarn hocken auf Bänken oder Stühlen vor Holzverschlägen, schauen sehr ernst und oft nach oben. Aber Gott sei dank ist der lustige alte Hausmeister Herr Ulrich da und spielt bestimmt gleich auf seiner Mundharmonika »Hänschen klein« oder »Fuchs du hast die Gans gestohlen« oder »Raus mit dem Arsch an die Frühlingsluft«. Dann hüpfen Heike und ich mit den anderen Kindern und singen. Am liebsten »Raus mit dem Arsch an die Frühlingsluft«. Das hat Papa uns beigebracht, und Mama schüttelte den Kopf. Aber in Wahrheit gefällt ihr das Lied doch. Weil sie nämlich lange den Kopf schütteln kann, wenn sie doch dabei lächelt. Meint Heike auch.

»Ganz genauso sehe ich das«, sagte sie.

Mit wichtiger Miene. Die macht sie oft, seit sie die Brille gekriegt hat.

Ich wollte auch so eine schöne Brille. Aber Papa hat den Zeigefinger gehoben und gesagt: »Heike ist die Älteste, nur sie kriegt eine Brille, weil die Älteste am besten sehen muss, damit sie auf die Kleinen aufpassen kann.«

Ab da hat Heike mit der wichtigen Miene angefangen. Man kann nichts dagegen machen.

Blöd ist nur, das einzige Baby heult so oft. Bitte, jetzt fängt der Schreihals schon wieder an. Papa kommt meistens auch in die Höhle und spielt mit dem Herrn Ulrich Mundharmonika. Dabei gehen die beiden durch das Kellergewölbe voran und wir Kinder singen und hüpfen hinterher. Nur Papa, Mama und Herr Ulrich sind lustige Erwachsene hier unten.

Heike hat Papa mal gefragt, warum die Großen in der Höhle überhaupt nicht fröhlich sind und so oft nach oben schauen.

»Weil die am liebsten wieder zurück in ihr Bett wollen und wütend sind, wegen dem Heuldrachen, der sie aufgeweckt hat«, sagte er.

Mama umarmte ihn, und Papa hat ihr einen Popoklaps gegeben. Das machen die beiden oft. Mama gibt ihm auch einen Klaps auf den nackten Popo, wenn wir in die Badewanne steigen.

Als die Eltern mal mit Thea in der Badewanne geplantscht haben, sagt die: »Papa, da unten an deinem Bauch, faule Kartoffeln, abschneiden.«

Die Eltern lachen und lachen.

Ich habe Heike gefragt: »Siehst du was Komisches in der Badewanne?«

Sie schüttelt den Kopf und sagt: »Papa, warum lacht ihr so?«

»Das erklär ich euch später, wenn ihr älter seid.«

»Aber wir sind doch schon 14 Jahre«, maulte Heike.

Das sagt die immer bei so was. Schwindelt aber nur ein bisschen: In Wahrheit ist Heike sechs, ich fünf und Spitzi drei. Jetzt ist sie gerade aufgewacht, weil der Drache wieder heult.

»Gottlob, Entwarnung«, sagt ein großer Mann.

Alle packen ihre Sachen zusammen und »schieben Leine«, wie Irene, unser Kindermädchen, sagt, die heute Ausgang hat. Wenn wir morgen im Park spazieren gehen, erzähl ich ihr, was diesmal los war in der Räuberhöhle.

Das Baby schreit schon wieder. Na ja, mir ist's egal, wir gehen sowieso wieder rauf in die Wohnung und Mama bringt uns ins Bett mit Gutenachtkuss.

Heike, *Lisa und Thea schlafen. Marga Nauhof hebt den Telefonhörer ab, wählt, erreicht die Nachbarn von gegenüber nicht und legt auf. Unschlüssig geht sie hin und her. Wenn nur ihr Mann schon hier wäre, aber das kann noch dauern. Sie überlegt rüberzugehen, ihre Unruhe lässt sie sonst nicht schlafen: Herr Ulrich hat vorhin auch gesagt, er mache sich Sorgen, weil die Römers nicht im Luftschutzkeller waren.*

Frau Nauhof nimmt den Schlüsselbund, geht über den Flur vor die Wohnung der Nachbarn, hält den Atem an und drückt ihr Ohr gegen die Tür. Als nichts zu hören ist, klingelt sie sacht und wartet.

Dann klopft sie und ruft leise: »*Ich bin's, die Nachbarin, Herr Römer, ist alles in Ordnung bei Ihnen?*«

Nach wie vor Stille. Sie klopft stärker, wartet, versucht durch den Spion zu schauen.

»*Was machst du denn hier?*«

Frau Nauhof fährt zusammen, sie hat ihren Mann nicht kommen gehört. Dann sagt sie: »*Die Römers waren nicht im Luftschutzkeller. Und schau Henrik, hier liegen schon zwei Tageszeitungen auf ihrer Fußmatte. Sollen wir die Polizei alarmieren?*«

Herr Nauhof pocht laut an die Türe und ruft: »*Herr Römer, melden Sie sich bitte, wir sind beunruhigt.*«

Stille. Herr Nauhof pocht und klingelt gleichzeitig.

»*Herr Rechtsanwalt, öffnen Sie, sonst bitten wir Herrn Ulrich aufzuschließen.*«

Stille.

»*Komm*«, *sagt Herr Nauhof zu seiner Frau.*

Sie gehen in ihre Wohnung und er telefoniert mit dem Hausmeister.

»*Herr Rechtsanwalt, ich schließe jetzt Ihre Türe auf*«, *sagt Herr Ulrich sehr laut, nachdem auch er geklingelt und geklopft hat. Langsam schiebt er die Wohnungstüre auf, tastet nach dem Schalter und knipst das Dielenlicht an.*

Frau Nauhof nimmt die Hand ihres Mannes.

»*Scheint keiner da zu sein*«, *sagt Herr Ulrich, klopft an die Tür gegenüber, wartet kurz, öffnet sie und schaltet das Licht an. Im*

Wohnzimmer ist niemand. Er klopft an die Tür daneben, wartet, drückt die Klinke runter, macht Licht und weicht zurück.

Herr und Frau Nauhof gehen an ihm vorbei. Auf der Schwelle bleiben sie stehen. Das Ehepaar Römer liegt bekleidet reglos auf dem Schlafzimmerbett.

Frau Nauhof hält die Hände vor den Mund und flüstert: »O mein Gott, sie sind tot.«

Langsam geht der Hausmeister ans Doppelbett. Herr und Frau Nauhof folgen ihm zögernd.

Die Augen der Toten starren ins Leere.

»Ich muss die Polizei rufen«, sagt Herr Ulrich leise.

Herr Nauhof bemerkt auf dem linken Nachttisch in den beiden leeren Gläsern weiße Pulverreste. Suchend schaut er auf den Tisch, die kleine Kommode und geht dann zu dem anderen Nachtkasten, wo er zwei Briefe entdeckt hat. Auf dem vorderen Kuvert steht in klarer Handschrift »Abschiedsbrief«. Dahinter liegt ein maschinell geschriebener, glatt gestrichener Briefbogen neben einem amtlichen Kuvert. Inzwischen stehen Frau Nauhof und der Hausmeister neben Herrn Nauhof. Die Blicke der Männer kreuzen sich.

Als Frau Nauhof den Briefbogen nehmen will, umfasst Herr Nauhof sacht ihre Hand.

»Wir dürfen nichts berühren, Herr Ulrich muss die Polizei anrufen.«

Zusammengesunken sitzt der Hausmeister auf dem Stuhl am Fenster. Sein Gesicht ist grau.

Frau Nauhof zittert. Ihr Mann legt den Arm um sie.

»Die Römers wollten nicht mehr leben. In diesem Schreiben steht die Nachricht, dass ihr Sohn für Volk und Vaterland gefallen ist«, sagt er leise.

Frau Nauhof schaut auf die Toten und flüstert: »Euer einziger Sohn.«

Behutsam führt Herr Nauhof seine Frau aus der Anwaltswohnung.

»**Und** wann kommen sie wieder?«, sagt Heike, als Mama erklärt hat, die Römers seien zu ihren lieben Verwandten nach Hamburg gefahren.

»Wisst ihr, die werden wohl für immer in Hamburg bleiben, hier waren sie so allein, das versteht ihr doch?«

»Na ja, Auf Wiedersehen hätten sie schon sagen können«, meint Heike.

Ich nicke. Spitzi zieht einen Flunsch.

Papa steht vom Frühstückstisch auf und dreht das Radio an.

»Gleich kommen die Acht-Uhr-Nachrichten«, sagt er und setzt sich wieder.

Ich schmiere auf mein Brot Sirup, Heike hat ihres schon fertig, Mama streicht eins für Thea.

Die Radiomusik hört auf und nach einem kurzen, hellen Ton sagt ein Mann: »Es ist acht Uhr, Heil Hitler, Joseph Goebbels spricht zu Ihnen.«

Der sagt was von »Frauen in die Fabriken«, dann viele lange Wörter, die ich nicht verstehe und zuletzt »Deutsche Nation«.

Papa steht auf, dreht das Radio aus und ich sage: »Was ist eine Deutsche Nation?«

»Das lernst du später in der Schule«, sagt er und zu Mama: »Komm bitte heute Mittag zum Essen in die Uni, dann reden wir darüber, ja?«

Sie nickt ganz ernst.

Es klopft.

»Herein«, sagt Papa, und Elise bringt auf dem weißen Tablett Malzkaffee, stellt ihn auf den Tisch.

»Der Klapperstorch bringt Elise und ihrem Verlobten ein Baby, deshalb kann sie leider nicht mehr lange zu uns kommen«, sagt Mama.

Spitzi sagt laut: »Nein, will nicht. Soll bleiben.«

Elise verschüttet beim Einschenken etwas Kaffee. »Ich mach das schon, ruhen Sie sich ein bisschen aus«, sagt Mama.

Sie knickst, sagt: »Danke sehr, gnädige Frau«, und geht hinaus.

»Aber wenn Elise weggeht, wer macht dann Frühstück und Scheiterhaufen und Brausepudding?«, sage ich.

»Sie bringt uns eine andere Köchin und der zeigt sie, wie man Scheiterhaufen und Brausepudding macht«, sagt Papa.

»Und auch nach dem Schlittenfahren dicke, bruzzlige braune Bratkartoffeln?«, sagt Heike.

»Ja, alles, bestimmt, verstandibus?«, sagt Mama.

»Verstandibus«, sagen wir, stehen vom Frühstückstisch auf und spielen im Kinderzimmer mit Irene Mensch-ärgere-dich-nicht. Das machen wir oft, wenn es regnet. Oder Kissenschlacht oder Seilspringen, da stolpere ich meistens als Erste, blöd.

In der Gaststätte »Unischmaus« sagt der freundliche Kellner: »Heil Hitler, Herr Professor, Frau Gemahlin, heute gibt es Ihr Lieblingsgericht: Überbackener Gemüseauflauf, darf's das sein?«

»Sehr gerne, Herr Fischer, und dazu zwei Helle bitte«, sagt Herr Nauhof und zündet sich eine Zigarette an.

»Also, Henrik, was gibt's denn so eilig zu besprechen?«

»Der Goebbels hat doch heute Früh im Radio gesagt, er will die Frauen in Rüstungsfabriken abkommandieren. Elise verlässt uns jetzt wegen ihrem Baby. Irene wird bestimmt auch zum Granatendrehen in der Fabrik erfasst werden.«

»Aber Irene ist aus vollem Herzen Kindermädchen!«

»Ich weiß, Marga. Deswegen habe ich eine Idee: Du schärfst ihr ein, dass sie, sobald sie eine Vorladung erhält–«

Der Kellner kommt und stellt den Auflauf und die Biere auf den Tisch.

»Vorsicht, sehr heiß! Guten Appetit.«

»Danke, Herr Fischer. Sieht ja prima aus.«

»Also, Marga«, fast flüstert Herr Nauhof, »wenn Irene die Vorladung kriegt, soll sie auf dem Amt sagen, dass du wieder schwanger bist.«

»Aber Henrik, das bin ich doch nicht.«

»Lass mich bitte ausreden. Wenn Irene das mit deiner Schwangerschaft erzählt, braucht sie nicht in die Rüstungsfabrik. Ich krieg das schon hin mit den Nazis. Schließlich wäre das dein viertes Kind, also: Mutterkreuz! So schinden wir Zeit für Irene und die Kinder raus. Und dann erleidest du irgendwann scheinbar eine Fehlgeburt. Was meinst du?«

Frau Nauhof sieht sich verhalten um, sagt leise: »Das kann ich nicht, Henrik.«

»Marga, du brauchst keine Angst zu haben. So eine Lüge trauen die Nazis mir niemals zu. Für die bin ich ›der zerstreute Professor‹.«

Herr Nauhof lächelt seine Frau aufmunternd an. Sie schweigt.

Nach einer Weile sagt sie: »Ich weiß nicht, wohl ist mir nicht bei deiner Idee. Vielleicht kriegt Irene keine Vorladung, das wäre das Beste für uns alle.«

Sie seufzt.

»Marga, da gibt es noch etwas, leider. Heute Früh im Treppenhaus hat mich Herr Ulrich angesprochen. Betreten erzählte er mir: Frau Schrader, die vor einem Monat plötzlich den Lebensmittelladen am Eck übernommen hat, beschwerte sich gestern beim Ulrich über dich, dass du – ›als Deutsche und als Frau vom Professor‹, so hat sie sich ausgedrückt – also, dass du ›Grüß Gott‹ sagst, wo es doch jetzt ›Heil Hitler‹ heißt. Dann schaute Herr Ulrich sich um und flüsterte: Die Schraders sind in der Partei. Marga, ich wusste erst gar nicht, was ich sagen sollte. Hab mich dann bedankt und gesagt, dass ich gleich mit dir reden werde.«

Bestürzt schaut Frau Nauhof ihren Mann an.

»Schrecklich. Diese Frau Schrader ist mir sofort unsympathisch gewesen ... Ich war erst drei oder vier Mal bei ihr einkaufen. Ja, ja, es stimmt, sie hat mich auf mein ›Grüß Gott‹ hin immer biestig angeschaut. Natürlich, Henrik, werde ich zukünftig ›Heil Hitler‹ zu ihr sagen, ich sehe ja, dass du dich sorgst.«

»Ich bitte dich darum, Marga. Vergiss nicht, die Nazis hätten mich gerne in der Partei. Haben aber kapiert, dass mir als Wissenschaftler die Zeit dafür fehlt. Gott sei dank. Du weißt ja, mein Thrombotuffon wird in großen Mengen gebraucht für unsere verwundeten Soldaten. Und am Medikament gegen Thrombose arbeite ich noch. Marga, die Nazis würden dein ›Grüß Gott‹ als Affront auffassen und ich möchte nicht, dass –«

»Ja, ja, Henrik. Meine Gedankenlosigkeit tut mir Leid«, sagt Frau Nauhof zerknirscht.

Herr Nauhof lächelt seiner Frau zu.

»Jetzt lass uns essen, auch ein Auflauf wird mal kalt.«

Wir gehen durch das große Holztor, eine Riesensteintreppe hoch und dann rechts in Papas Zimmer. Aber er ist nicht drin. Mama nimmt Spitzi an der Hand über den langen Flur, Heike und ich hinterher.

»Da könnte er sein«, sagt Mama, klopft an die Tür und Papa ruft: »Hereinspaziert.« Zwei Herren sind auch da.

Wir sausen zu Papa, er umarmt uns und die Herren sagen lächelnd: »Wir haben alles besprochen, nicht wahr Henrik?«

Dann verabschieden sie sich.

Also, so was! In der Ecke neben dem Fenster steht Herr Tod. Ganz groß. Der sieht genauso aus wie auf dem kleinen Bild im Flur bei uns daheim.

Ich gehe hin, schüttle Herrn Tod die Knochenhand, knickse, während er klappert und sage: »Grüß Gott, Herr Tod, ich bin die Lisa.«

Heike fischt eine Zeitung aus dem Papierkorb neben dem Schreibtisch, kommt her, haut sie dem Herrn Tod um die Beine und sagt: »Hau ab, du scheußlicher Knochenmann!«, und Thea plärrt los: »Ja ja, hau ab, du.«

Papa und Mama haben ihre Arme um uns gelegt und Papa flüstert: »Verdammter Mist, den Freund Hein da hinten hab ich glatt vergessen.«

»Der Knochenmann kann nur klappern, sonst überhaupt nichts, schaut mal her«, sagt Mama.

Sie bewegt seine Arme, zieht sein Bein vor, alles klappert und sie lacht: »Der ist vielleicht mit einer Klapperschlange verheiratet, was meint ihr?«

Papa hakt sich bei Mama ein.

»Also los, gehen wir zur Klapperschlange, wir sind eh schon spät dran.«

Als wir im Zoo vor dem Stachelschweinzaun stehen, guckt Papa sich um, langt vorsichtig rüber, zieht einen Stachel aus dem grunzenden Schwein und hält ihn in die Luft. Heike und ich hüpfen rum und rufen: »Die Thea«, als Papa gesagt hat: »Und wer ist diesmal dran?«

Er gibt ihr den Stachel.

»O, o, o, da braut sich was zusammen«, sagt Mama.

Ich sehe die dicke schwarze Wolke und jetzt pustet der Wind Staub hoch von unserem Weg.

»Schnell Kinder, lauft, lauft, die Klapperschlange besuchen wir das nächste Mal, jetzt ab ins Elefantenhaus«, sagt Mama.

»Da hat ein Blitz gezuckt«, ruft Papa und rennt los, wir hinterher.

Mama zieht die Stöckelschuhe aus, nimmt sie in die Hand und schimpft im Laufen: »So spitze Steinchen, verflixt, aua.«

Papa dreht sich um und ruft: »Der dicke Donnerknall, für wen ist der?«

»Für mich«, schreie ich.

»Gut«, sagt Mama, »der nächste für Heike und danach der für Thea.«

In der Vorhalle verschnaufen wir und hocken uns auf die weiße Holzbank vor die beiden Elefanten.

»Horcht, mein Knall«, ruft Heike und rennt zur Eingangstür, als es wieder donnert.

Thea und ich flitzen hinterher und Spitzi sagt: »Gleich kommt meiner.«

Der Knall ist diesmal ganz leise. Spitzi schaut belämmert nach oben.

Als wir das letzte Mal im Zoo vor dem Stachelschweinzaun Halt machten, schaute Papa uns mit großen Augen an und ist schnurstracks weitergegangen.

»Wieso bleibt ihr hier stehen?«, sagte Jochen.

Der hat ein Korkenzieherklappmesser und ist der Sohn von Professor Auer.

»Geht dich überhaupt nichts an«, zischte Heike und wir sind Papa nachgelaufen.

Später beim Abendbrot hat er den Zeigefinger hochgereckt und gesagt: »Den Stachelschweinstachel reiß ich nur für meine Pinsel aus, das ist unser Geheimnis. Also ich reiße nur, wenn wir ganz alleine im Zoo sind, verstandibus?«

»Verstandibus«, haben wir schnell geantwortet und genickt.

Der Jochen kann außerdem noch vier grässliche Grimassen, ist sieben Jahre alt und schon in der Schule, woher er von seinem Freund Franzl ein sehr komisches Gedicht weiß. Das hat er im Zoo, hinter dem Rücken der Großen, so lange leise aufgesagt, bis wir es auswendig konnten.

> Auf einem Berg steht eine Kuh,
> Die macht ihr Po-Loch auf und zu,
> Und hinter ihr, da steht ein Schwein,
> Das schaut ihr in das Po-Loch rein.
> Da sagt die Kuh, du doofes Schwein,
> Was schaust du in mein Po-Loch rein.
> Da sagt das Schwein, du doofe Kuh,
> Was machst' dein Po-Loch auf und zu.

»Aber ihr dürft mich auf keinen Fall bei euren Eltern verraten«, flüsterte Jochen, »weil meine Mama gesagt hat, so ein ordinäres Gedicht will sie nie mehr hören und dass ich mich schämen soll.«

»Komisch, die Großen«, meinte Heike, »die schimpfen, wenn wir Kinder was lustig finden.«

Jochen hat genickt und gleich nochmal aufgesagt.

Jetzt haben Heike, Spitzi und ich ein geheimes Nachtspiel. Wenn Mama uns den Gutenachtkuss gegeben hat und das Licht aus ist, fängt Heike mit dem Jochen-Gedicht an. Sie flüstert die Kuh-Sprache, Spitzi und ich sind das Schwein.

Aber vorgestern haben wir wohl so laut unser Gedicht aufgesagt, dass Mama vielleicht was mitkriegte: Als wir fertig waren, hörten wir Weggeh-Schritte. Oder haben wir uns das eingebildet? Jedenfalls schimpfte Mama nicht.

Dienstagmittag *läutet das Telefon.*

»Schon zum sechsten Mal heute!«, denkt Frau Nauhof. »Wer mag das bloß sein?«

Seit neun Uhr läutet es immer wieder. Aber sie hört nur Rauschen, einen sehr hellen Ton oder Stille. Wieder nimmt sie den Hörer ab.

»Hier ist Max. Endlich erreiche ich dich, Marga. Elwina und ich haben eine gute Idee, meinen wir. Könntest du dir vorstellen, –«

»Hallo, Max? Hallo! Ich höre dich nicht mehr. Hallo? Verflixt nochmal, die Leitung funktioniert wieder mal nicht.«

Ärgerlich legt Frau Nauhof den Hörer auf die Gabel, nimmt die Handtasche, eilt über den Flur und schließt die Wohnungstür hinter sich.

Als sie nach dem Besuch bei ihrer Freundin Melanie Sommer zurückkommt, hört sie wieder das Telefon und läuft ins Wohnzimmer.

»Hallo, Max, bist du es?«

»Nein, Marga, ich bin's. Max rief mich vorhin an, bei dir hat er es den ganzen Tag vergeblich probiert. Du sollst mit den Kindern eine Weile zu ihm aufs Schloss kommen, im Bayerischen Wald ist der Krieg nicht so schlimm wie hier. Ist das nicht großartig? Mir fällt ein Stein vom Herzen.«

»Ja, vielleicht schon. Aber was machst du, Henrik?«

»Ich muss natürlich weiter hier an der Uni arbeiten. Aber ich komme euch am Wochenende besuchen. Es sind ja nur drei Stunden mit dem Zug oder Auto.«

»Na ja, ich weiß noch nicht so recht. Das kommt so plötzlich. Sprechen wir heute Abend darüber, ja?«

»Ja, natürlich. Bis nachher also.«

»Bis nachher, Henrik.«

Frau Nauhof legt den Hörer auf mit einem nachdenklichen Blick.

»**Du**, Heike, ich hab's genau gesehen, die Irene weint. Sie sagte, sie hat Schnupfen, aber das stimmt nicht. Sie weint!«

Heike nickt. Wir gucken zu Irene rüber, die mit Spitzis Kinderwagen zwischen zwei Kastanienbäumen stehen geblieben ist, ihre beschlagene Brille mit dem Jackenzipfel abwischt und sich die Nase schnäuzt.

Jetzt pustet der Wind kräftig und rauscht in den Blättern. Heike und ich hüpfen und jubeln.

Thea sagt: »Ich auch, raus.«

Irene hebt sie aus dem Kinderwagen, dreht sich mit ihr, lacht endlich und tanzt mit uns im Wind.

Zuhause ist Mama in keinem Zimmer. Irene spielt mit uns Mensch-ärgere-dich-nicht. Zwischendurch zieht sie wieder die Nase hoch.

»Irene jetzt bitte weiterspielen«, drängelt Thea.

Die würfelt und schiebt ihr rotes Männchen zwei Felder weiter.

Heike, Spitzi und ich sind dieses blöde Krieg-Spielen mit Flugbären und auch die Keller-Höhle leid.

Der Heuldrache brüllt viel zu oft, jetzt sogar schon tagsüber. Gerade ist Irene mit uns aus dem Park wieder in die Höhle gerannt. Mama ist nicht dort, Papa auch nicht. Noch nicht einmal der lustige Hausmeister.

»Wir wollen nicht mehr Krieg spielen«, sagt Heike zu der Nachbarin vor dem Verschlag neben uns.

Die schweigt, schaut den Herrn gegenüber an, der zieht an seiner Zigarette, pustet den Rauch nach oben und sagt auch nichts.

»Verstehst du die?«, flüstere ich zu Heike.

»Nö«, flüstert sie, »aber manchmal versteht man eben die Großen nicht.«

Elise hat Abendbrot gemacht, danach bringt Irene uns ins Bett. Mama ist immer noch nicht da.

»Schlaft gut, meine Schätzchen«, sagt Irene, als sie das Märchen »Der kleine Zinnsoldat« zu Ende gelesen hat, macht das Licht aus und verschwindet.

»Irene hat wieder geweint«, sagt Heike.

»Ja«, sage ich, »was hat sie bloß?«

»Bauchweh vielleicht«, sagt Spitzi.

Mir ist ganz mulmig.

Juchu, wir fahren mit der Eisenbahn zum Schloss von Onkel Max und seinen Söhnen. Die sind so alt wie wir, und ringsrum nur Wiesen und Kühe und Pferde und ein Springbrunnen mit Goldfischen und eine Molkerei und ein Gewächshaus.

»Aber etwas habt ihr doch vergessen«, sagt Papa.

»Was denn?«, sagt Heike.

»Die Frau vom Onkel Max, Tante Elwina.«

»Macht nichts«, ruft Spitzi.

Zwei

Mama sitzt auf der schmuddeligen Polsterbank. Ich stehe neben ihr und schaue raus. Der Blechascher unter dem rußigen Fenster klappert. Die Zugräder rumpeln. Häuser, Schornsteine und Wälder sausen vorbei. Thea schläft.

Heike setzt sich auf die Bank gegenüber, zieht die Beine hoch und sagt leise:»Mama, Irene hat oft heimlich geweint, warum?«

Mama beugt sich vor und flüstert:»Irene war sehr betrübt, weil sie in München bei ihren Eltern bleibt und auf euch warten muss. Aber sie versorgt inzwischen gerne Papa. Ihr wisst ja, dass er an der Uni weiterarbeitet.«

»Ich bin traurig, weil Papa und Irene nicht hier sind«, sagt Heike und setzt sich auf den Platz neben Mama.

Und ich habe vorhin gemeint, Papa geht an unserem Abteil vorbei. War er aber nicht. Blöd.

Thea ist inzwischen aufgewacht. Als sie gegähnt hat, sagt sie: »Oma und Opa kommen bald.«

»Jawohl, aus Ostpreußen, wo es ganz viele Wälder und dunkle Seen gibt«, sagt Heike mit dem Zeigefinger hoch wie Papa.

Mama lächelt:»Ja, ihr Schätzlein. Und meine Eltern sind so lieb wie die Irene.«

»Mama, ist unsere Oma auch kaputt?«, sagt Heike nach einer Weile, und ich:»Oder unser Opa?«

»Wieso kaputt?«, sagt sie und macht eine tiefe Furche zwischen ihren Brauen.

»Ich erzähl's, also quatsch mir nicht dazwischen«, sagt Heike zu mir und dann stellt sie sich so richtig protzig auf:»Im Park auf dem Spielplatz sitzt oft eine Oma auf der Bank vor dem Sandkasten. Wenn die mit ihrem stillen Mädchen wieder geht, nimmt sie es an die eine Hand, mit der anderen stützt sie sich auf ihren Stock und humpelt davon. Der Junge mit der großen Glaskugel hat zu Lisa und mir gesagt, dass von den Großeltern meistens einer kaputt ist, weil sie uralt sind. Er muss seine Oma immer anbrüllen, sie ist taub. Und der Opa vom Fritzi, seinem

Freund, der muss alle Zähne nachts in ein Glas Wasser legen, damit sie repariert werden.

»Mama, guck mal, meine Zähne sind alle noch ganz«, sagt Thea.

»Meine auch!«

»Meine auch!«

Heike und ich streichen mit den Zeigefingern bis zu unseren Backenzähnen.

Mama zieht unsere Hände weg: »Finger raus. Müsst ihr das unbedingt in diesem schmierigen Abteil machen?«

Sie holt aus der grünen Reisetasche unter der Polsterbank die Thermosflasche, gießt Pfefferminztee auf ihr Taschentuch und wischt unsere Finger ab. Während sie dann die Flasche wieder zurückstellt und uns Zwieback gibt, sagt sie: »Oma und Opa sind nicht kaputt, nur manchmal müde. Dann schlummern sie eine Runde in den Ohrensesseln und ihr seid ganz leise, verstandibus?«

»Verstandibus«, sagen wir.

»Aufwachen, meine Schätzchen, aufwachen, wir sind gleich da«, sagt Mama.

Aber ich will nicht, kneif die Augen fest zu und tu so, als ob ich nichts höre. Was ist da plötzlich für ein Getrampel? Erschrocken fahre ich hoch.

Gleich vier Schaffner schauen ins Abteil, sagen: »Besetzt«, schieben die Tür wieder zu und weg sind sie.

»Wieso wollten die Schaffner unsere Fahrkarten nicht sehen?«, sagt Heike.

Mama holt den kleinen Koffer von oben runter und stellt ihn neben die Reisetasche auf die Polsterbank. »Das waren keine Schaffner, sondern Soldaten.«

»Die sehen ganz anders aus als der kleine Zinnsoldat aus dem Märchenbuch, wieso?«, sage ich.

Mama hantiert mit der Reisetasche, dem Koffer und der Handtasche, schiebt die Tür auf und mit demselben Gesicht, das sie macht, wenn sie böse auf uns ist, sagt sie: »Über die Soldatenuniform reden wir später. Jetzt müssen wir erst mal hier raus. Kommt mir nach, der Zug hält gleich und Onkel Max holt uns ab.«

»Wieso ärgert Mama sich über die Soldaten?«, flüstere ich zu Heike, während wir auf dem Gang hinter ihr hertrotten.

»Keine Ahnung, ist mir auch wurscht«, sagt die.

Mit einem Ruck und Gequietsche hält der Zug.

»Straußlach, Beeilung bitte, der Zug fährt unverzüglich weiter«, ruft ein Mann auf dem Bahnsteig.

Mama öffnet die Tür und da steht schon Onkel Max.

»Warte Marga, ich helf dir.«

Er hievt das Gepäck und Thea runter, dann mich und Heike.

»Gut siehst du aus, trotz der Reise«, sagt Onkel Max, während er Mama umarmt.

Sie lächelt und fährt sich durch die blonden Locken.

»Ach Max, die drei Stündchen waren schnell vorbei. Ich freu mich schon auf Elwina und bin glücklich und dankbar, dass ihr uns eine Weile beherbergt. Die Luftangriffe in München sind schrecklich.«

»Luftangriffe? Was ist das?«

»Später, Lisa«, sagt Mama wie ertappt.

»Marga, auf dem Schloss und im Dorf ist Ruhe, hier kommt der Krieg nur aus dem Radio. Deine Koffer und Kisten sind gestern eingetroffen, unser Verwalter, Herr Schworer, hat sie abgeholt und in eure Wohnung gebracht.«

Hier ist also auch so ein blödes Radio, denke ich. Mist.

Onkel Max trägt Koffer und Reisetasche.

»Das Auto steht nicht weit, gehen wir«, sagt er.

Mama nimmt Thea und mich an der Hand, Heike geht neben Onkel Max und winkt unserem Zug nach.

Kaum sind wir im blauen Auto auf dem Rücksitz, kurbelt Mama das Fenster runter.

»Luft, aaah, frische Landluft«, sagt sie, und ihre Hände schwingen vorm Gesicht wie Libellenflügel.

Ich mach's ihr nach. Heike und Spitzi auch.

»Ja, Marga, der Juli ist heuer besonders heiß. Meldet euch, Kinder, wenn es zu sehr zieht«, sagt Onkel Max und fährt los.

Seine Haare wehen im Wind wie verwelkte Grashalme.

Thea ist zwischen uns eingeschlafen. Ihr Kopf hängt schief und bevor sie an meine Schulter und dann auf meinen Schoß rutscht wie oft in Papas Auto, schieb ich sie zu Heike, die das nicht mitkriegt, weil sie rausschaut. Ich lehne mich gemütlich zurück und guck durchs andere Fenster.

Jetzt fahren wir schon ewig die Landstraße entlang, rechts und links immer nur Bäche, Wiesen und Felder.

Heike beugt sich zwischen die Vordersitze und sagt laut: »Sind wir bald da?«

»Noch ein Viertelstündchen. Gleich kommen wir am Neuen Schloss vorbei«, sagt Onkel Max.

»Wieso Neues Schloss?«, brülle ich nach vorne, weil man im Motorgebrumm und Windgeheul kaum was versteht.

Onkel Max dreht den Kopf zu uns und ruft: »Weil es ungefähr 500 Jahre später gebaut wurde als das andere. Und jetzt schaut mal nach links, dort auf dem Hügel taucht die Alte Mühle auf.«

»Die ist vielleicht schön«, sage ich zu Heike.

Sie nickt und brüllt: »Onkel Max, warum dreht sich die Mühle nicht?«

»Weil sie uralt ist und keiner mehr drin«, ruft er.

»Wir fahren nur noch durchs Dorf und sind gleich da«, sagt er, als er rechts die steinige, breite Straße reinbiegt.

Gackernd flattern ein paar Hühner vor dem Auto davon. Links und rechts kommen wir an kleinen Bauernhäusern vorbei.

»Stinkt's in deinem Dorf immer so?«, sagt Heike zu Onkel Max, der wieder zwei Hühnern ausweichen muss.

Er lacht. »Nein, nein, das ist dort der Misthaufen mit Jauchegrube.«

Ich sehe nirgends ein Kind, bloß eine Frau, die im Garten Wäsche auf die Leine hängt, aber ich höre Vogelgezwitscher noch und noch.

»Onkel Max, wieso ist in deinem Dorf keiner da?«, sage ich.

Mama dreht sich zu uns. »Die meisten Männer sind im Krieg, da müssen die Bauersfrauen früh aufstehen und sehr viel arbeiten.«

»Die Bauern lassen ihre Frauen schuften, um im Kriegsspiel mitzumachen, das ist gemein«, flüstere ich zu Heike.

»Hab ich auch grad gedacht«, sagt sie.

Die Straße geht aufwärts und Onkel Max sagt: »Schaut dort hinten rechts die Kirche und gegenüber ist das Schulhaus.«

»Onkel Max, gibt's in deinem Dorf einen Park mit einem Kiosk für Limonade und Lakritze? Und einen Sandkasten mit Rutschbahn?«

Onkel Max lacht.

»Nein, aber dafür: Fußballplatz, Badeweiher, Gestüt, Kuhstall, Schweinekober und eine große Scheune zum Heuspringen, was Wenni und Matte am liebsten spielen. So, und jetzt sind wir da.«

Onkel Max hält an, schiebt das graue Eisentor in der hohen Mauer auf, kommt wieder ins Auto und fährt auf einen riesigen Platz, vorbei am langen gelben Haus mit einer Holzrampe davor. Als wir aussteigen, riecht es nach Quark.

»Das ist die Molkerei«, sagt Mama und zeigt mir die großen Milchblechkannen unter der Rampe.

»Elwina kommt mit den Kindern«, sagt Onkel Max.

»Ihr seid aber schnell gewesen«, sagt sie, umarmt Mama, hockt sich dann hin, macht die Arme auf und sagt: »Alle Mädchen zu mir, bitteschön«, was Heike, Thea und ich sofort tun.

Ihre beiden Jungs schauen fröhlich zu.

»Kinder, habt ihr Lust, vor dem Essen noch ein Weilchen zu spielen?«, sagt Tante Elwina.

»Ja, ja, ja«, rufen wir und der größere Junge sagt: »Ich bin Matthias, das ist Werner, aber alle nennen uns Matte und Wenni. Und wie heißt ihr?«

»Ich bin Heike, das ist Lisa und das Thea, die wir aber auch Spitzi nennen.«

Nein so was! Beide Buben haben genauso blaue Augen wie Onkel Max, aber ihre Haare sind kohlschwarz, wie die kurzen, strubbeligen von Tante Elwina.

»Lisa, was glotzt du uns an, beeil dich lieber, Mama pfeift bestimmt gleich zum Essen. Wir wollen euch aber vorher noch was zeigen«, sagt Matte.

»Hinter den Ginstersträuchern«, sagt Wenni und wir rennen los.

»Schaut euch das mal an, ein Platz wie im Tennisklub«, staunt Heike.

Ich öffne die grüne Gattertür, aber Matte hält mich am Arm fest: »Wir müssen die Schuhe ausziehen, wenn wir den Platz betreten, sonst geht er kaputt, hat Papa gesagt.«

Ich streif die Sandalen ab. Der rote Boden ist herrlich kalt unter meinen Füßen, ich lauf vor zum Netz. Alle hinterher.

»Wie alt seid ihr?«, sagt Heike zu Matte.

»Der Wenni ist sieben, und ich bin acht. Wir sind schon in der Schule.«

»In der neben der weißen Kirche?«, sage ich.

»Nein, unsere ist in Straußlach. Herr Schworer fährt uns jeden Tag hin und holt uns ab. Außer in den Ferien, wie jetzt.«

Heike hebt den Zeigefinger, schaut Matte wichtig an und sagt: »In München wäre ich im Herbst auch in die Schule gekommen. Aber jetzt warten wir lieber noch ein Jahr, hat Papa gesagt.«

»Da kannst dich aber freuen«, meint Matte.

Wenni nickt.

»Könnt ihr schon Tennisspielen?«, sage ich.

»Nö, Wenni und ich dürfen den Eltern immer nur die Bälle zuschmeißen, aber später lernen wir's bestimmt im Münchner Iphitos.«

Heike sagt: »In diesen Club hat Papa uns mal mitgenommen, als er mit eurem Papa spielte. Vorher erklärte er noch, das ist Onkel Max, nicht nur mein Freund, sondern auch der Beste im Club.«

»Na klar«, sagt Matte mit Kinn nach oben. »Papa gewinnt jedes Jahr das Club-Turnier.«

»Dafür spielt unsere Mama besser als eure«, sagt Heike und Spitzi: »Jawohl, viel besser.«

Zwei kurze Pfiffe.

»Das war Mama, Essen ist fertig!«

»Eure Mama? Die hat gepfiffen?«, sage ich.

»Ja, auf den Fingern, jetzt kommt schon«, sagt Wenni.

Ich bin begeistert von Tante Elwina.

Wir ziehen die Sandalen an und sausen los.

»Wascht schnell die Hände«, ruft Tante Elwina aus dem Fenster, als wir über die vier Steinstufen durchs offene, braune Portal eilen.

Ich bleib in der Diele stehen und staune. Sie ist fast so groß wie die Aula in Papas Uni, aber viel, viel schöner. Bunte Fliesen und riesige Fenster und eine breite Holztreppe mit grünem Teppich in der Mitte und das Geländer aus großen Blättern.

»Nun kommt schon, vorne rechts ist ein Klo, da könnt ihr die Pfoten waschen«, ruft Matte von ganz oben, als wir Mädchen erst die halbe Treppe hoch sind.

Die Erwachsenen, Matte und Wenni sitzen schon um den runden Riesentisch, als wir ins Esszimmer kommen.

»Ihr wollt bestimmt neben den Buben sitzen, da ist für euch gedeckt«, sagt Tante Elwina und läutet mit einem silbernen Glöckchen.

Kaum sitzen wir, nähern sich Schritte, die Tür geht auf und eine mollige Frau in derselben weißen Rüschenschürze wie Elise kommt mit einer Terrine rein.

»Das ist Mathilde, unsere Köchin, sie hat eine würzige Lauchsuppe bereitet«, sagt Tante Elwina.

Mathilde lächelt: »Und danach gibt's Schweinsbraten, den mögen alle Kinder, gell?«

»Ja, sehr«, sagt Wenni, macht »hmm, hmm«, und wir auch.

»Mathilde, kannst du auch Erdbeerquarkspeise?«, sagt Heike.

»Für euch mach ich die gerne, aber heute gibt's Kirschkompott«, sagt Mathilde, während sie mit der Kelle Suppe austeilt.

Beim Nachtisch fällt Spitzi fast vom Stuhl, aber Heike hält sie grad noch fest.

Mama springt auf: »Thealein so müde, schläft schon beim Essen ein.«

Sie setzt sich wieder und nimmt Spitzi auf den Schoß.

Mama ruft hinter uns her: »Passt gut auf, seid vorsichtig, Kinder«, als Heike, Wenni, Matte und ich nach Tante Elwinas Vorschlag, ob wir zum Heuhupfen wollen, sofort losstürmen.

»Mir nach«, sagt Matte, klettert die Leiter vor den Heuballen rauf, Wenni hinterher, zuletzt Heike.

Ich schau lieber erst mal rum. Durch die Scheunenbretterschlitze drängeln sich zarte Sonnenstrahlen, die silbrige Staubkörnchen schweben lassen. An dicken Balken hängen Seile und wie riesige Stufen liegen Heuballen darunter aufgeschichtet. Die duften köstlich und ich atme tief ein.

»Lisa, was glotzt du wieder rum? Komm rauf, wir wollen das erste Mal gemeinsam springen«, ruft Matte.

Auf der Holzleiter riecht's wie in der Badeanstalt. Langsam klettere ich nach oben.

»Schlüpf zwischen den Sprossen durch und dann robbst du langsam auf den Ellbogen vorwärts«, sagt Matte.

Als ich danach aufstehe und im Heu schwanke, gibt Wenni mir die Hand: »Komm, wir halten uns fest und springen zusammen runter.«

Ich zögere.

»Lieber nach dir.«

»Diese Mädchen sind ewige Hosenschisser, nicht zum Aushalten, los Wenni!«, sagt Matte.

Sie springen, lachen und rufen: »Seht ihr, wie leicht das geht.«

»Gut, aber noch einen Moment«, ruft Heike, schiebt ihre Brille zurecht, hält sie am Kopf fest, brüllt, »Achtung!«, und springt. Lachend steht sie wieder auf, und ruft: »Lisa, das war wunderbar! Spring!«

Ich mach die Augen zu, lass mich fallen, lande im weichen Heu, oooh, ist das schön.

»Heike, Lisa, jetzt könnt ihr's, also die nächste Stufe runter«, sagt Wenni.

Juchzend springen wir durcheinander, gleiten vom letzten Heuballen auf den Steinboden, rennen wieder zur Leiter, klettern hoch, springen, lachen, klettern, bis wir ermattet im Heu liegen.

»Ich hab Riesendurst, kommt, wir gehen in die Küche zu Mathilde, die macht uns Brause und danach zeig ich euch das Zimmer, wo ihr wohnt. Mama hat es mit Karin gemütlich für euch gemacht«, sagt Matte.

»Wer ist Karin?«, sagt Heike.

»Unser Dienstmädchen. Die war heute bei ihren Eltern, aber abends kommt sie zurück«, sagt Wenni.

»Müssen wir diese vielen Steinstufen den Berg hoch?«, ruf ich zu Matte, der schon am ersten Treppenabsatz wartet.

»Das ist kein Berg, sondern ein Hang«, sagt Heike und Matte ruft: »Sei nicht so faul, hier oben ist die Küche.«

Als wir angekommen sind, hören wir schon Mathildes Stimme: »Kommt rein. Ihr wollt bestimmt alle Brause?«

Sie steht am großen Steinbecken, hält gerade schwarze Johannisbeeren unter den Wasserhahn und legt sie in ein Sieb auf den Ecktisch daneben. Dann geht sie zum Handtuchhalter, trocknet sich ab und holt aus dem gelben Küchenschrank eine Schale mit Tütchen. Vier bunte Porzellanbecher lässt sie unterm Wasserhahn voll laufen und stellt sie auf den Tisch zwischen den zwei hohen Fenstern. Die gehen nach hinten raus zum Küchengarten mit Salaten, Kohlköpfen, Karotten und Kräutern. Nacheinander leert sie ein Tütchen in jeden Becher: »Hier Orange, Zitrone und hier zwei Mal Himbeer.«

Wir trinken, ich schlecke mit der Zunge über den Mund.

Matte langt sich aus dem Körbchen eine Hand voll Johannisbeeren.

»Morgen gibt's Kompott davon, gell Mathilde?«

Sie nickt lächelnd und gibt mir auch ein paar.

»Bestimmt wollt ihr noch einen Keks vor dem Abendbrot«, sagt sie und öffnet die Speisekammertüre.

»Puuh, da stinkt's nach Käse.«

Heike hält sich die Nase zu.

»Freilich, Käse stinkt immer, nur langweiliger nicht«, sagt Wenni.

»Trotz dem Fliegenfenstergitter kommen die Viecher rein.«

Mathilde verscheucht Fliegen von der Käseglocke. Dann holt sie aus dem Regal gegenüber eine Blechdose, öffnet sie und wir wählen jeder einen großen Keks. Meiner hat Rosinen drauf.

Als sie die Küchentür hinter uns geschlossen hat und wir die vier Treppen rauf und den Korridor entlang gegangen sind, öffnet Matte rechts eine hohe, weiße Tür.

»Schaut, hier wohnt ihr. Ein Stockwerk tiefer sind die Zimmer für eure Eltern und im 1. Stock für die Großeltern. Von denen sind vor drei Tagen so viele Kisten und Koffer am Bahnhof eingetroffen, dass Herr Schworer mit einem restlos voll beladenen Auto zurückkam. Na ja, sie kommen schließlich aus Ostpreußen«, sagt Matte.

»Ja, von ganz dunklen, großen Seen und …«

Matte winkt ab.

»Weiß ich selber, Heike, die Masuren eben.«

»Papa meint, eure Oma und Opa müssen da schleunigst abhauen, weil in dem schrecklichen Krieg die Russen bald Ostpreußen kassieren und alle Deutschen gefangen nehmen. Ich hoffe also, sie kommen bald. Wir haben nämlich keine mehr, unsere Großeltern liegen im Familiengrab auf dem Friedhof«, sagt Wenni.

»Also, weißt du, die Russen sollen unsere Großeltern ruhig mal gefangen nehmen. Das ist doch so beim Kriegsspiel. Warum guckst du da so bös, Wenni?«, sage ich.

Der will was sagen, aber Matte hält ihm den Mund zu und flüstert in sein Ohr.

»Tuscheln giltet nicht «, sagt Heike mit Zeigefinger oben.

Komisch die Buben, denke ich und gehe über den bunten Teppich vors erste von den drei gewölbten Fenstern. Ich schaue runter auf den Hof, der im Schatten einer uralten Eiche liegt. Rechts hinter ihr steht ein Backsteinhaus, davor ein Ziehbrunnen und weiter links eine Laterne.

»Wer wohnt da drüben?«, sage ich zu Wenni, der vor dem gelben Kinderschrankspiegel Grimassen schneidet.

»Früher die Mägde und Knechte, aber die Männer sind im Krieg«, sagt Matte, der jetzt neben Heike und mir durchs Fenster schaut. »Deshalb hat der Bürgermeister dem Papa drei polnische Fremdarbeiter fürs Gestüt geschickt, manchmal arbeiten die auch hier im Schloss, sprechen aber leider nur polnisch.«

»Was ist ein Fremdarbeiter?«, sagt Heike.

»Das kann ich dir nicht erklären, frag besser deine Mama«, sagt Matte und erzählt ganz schnell, dass Resi und Inge lieber im Dorf bei ihren Familien wohnen und nur Karin und Mathilde noch im Gesindehaus leben.

»Dieses Kinderzimmer ist aber groß«, sagt Heike, die sich vergnügt auf eins der drei kleinen Betten an der Wand gehockt hat.

»Ja, und wenn's regnet, können wir prima um den großen Tisch Fangerles spielen«, sage ich.

Zwei kurze Pfiffe.

»Mama pfeift, Abendbrot ist fertig, kommt«, sagt Matte, geht zur Tür raus und wir ihm nach. Mein Magen knurrt schon.

Ich kann nicht schlafen, wälze mich dauernd. Thea und Heike atmen ruhig in ihren Betten. Die Schlossuhr schlägt drei Mal, noch so lange dauert die Nacht. Barfuß schleiche ich ans Fenster, lüpfe den Vorhang und schau auf den Hof. Der ist taghell im Vollmond, den ich lange anschaue. Er schaut zurück, tut aber nichts. Könnte doch mal nicken oder von mir aus auch den Kopf schütteln.

Auf einmal fürchte ich mich in dieser Stille, krieche unter die Bettdecke und gähne.

»Guten Morgen Schätzchen, aufstehen, frühstücken«, sagt Mama und schiebt die Vorhänge zur Seite.

Ich dreh mich an die Wand, weil die Sonne in meine Augen sticht.

»Lauft ihr Großen zuerst ins Bad, ich komm danach und wasch Thea kurz, während ihr euch anzieht. Los, los, Tante Elwina, Onkel Max und die Buben warten schon«, drängelt Mama, hebt die verschlafene Spitzi aus dem Bettchen, küsst sie und dreht sich mit ihr.

»Ihr seid ja immer noch hier, los, los«, sagt sie, und wir rennen über den Flur ins Bad, waschen uns und sausen zurück ins Zimmer.

»Ich komm gleich wieder mit Spitzi. Lisa, flechte bitte inzwischen die Zöpfe von Heike und zieht euch an«, sagt Mama, als sie mir noch schnell zwei Gummiringe aus dem Kästchen gibt. Zopfspangen verliert Heike dauernd. Theas und meinen Pagenkopf braucht man nicht zu kämmen, nur mal schütteln.

Als Mama wieder reinkommt, streift sie Spitzi das grüne Kleidchen über.

»Wir gehen heute über den Hof zum linken Schlossflügel, durch die vielen Korridore finde ich noch nicht so gut zum Speisezimmer. Oder vielleicht frühstücken wir auf der herrlichen Terrasse«, sagt Mama, nimmt Thea an der Hand, Heike und ich trotten hinterher. Der Hof ist riesengroß. Und das Schloss hört überhaupt nicht auf.

»Mama schau, Tante Elwina und Onkel Max winken da oben«, sage ich.

Sie hält die Hand vor die Augen und winkt zurück zur Terrassenbrüstung. Matte und Wenni stehen auch dort.

»O, ich habe die Sonnenbrille vergessen. Lisalein, lauf bitte zurück und hol sie aus meinem Zimmer. Mathilde wird dir zeigen, wo das ist, und die Sonnenbrille liegt dort auf der Kommode. Heike, Thea und ich steigen inzwischen die vielen Treppen hoch zur Terrasse«, sagt Mama.

Ich renne los und bleibe plötzlich stehen. Na sowas, diesen Springbrunnen habe ich vorhin gar nicht gesehen und den Torbogen in der Mauer auch nicht. Durch den laufe ich mal schnell. Ach wie wunderschön: Schräg runter Kieselsteinwege auf beiden Seiten, begrenzt von niedrigen Mauern mit Heckenröschen. Auf dem Rasen steht eine dunkelgrüne Laube mit verschnörkeltem Eisenzaun.

O je, ich soll ja Mamas Sonnenbrille holen, renne also zurück durch den Mauerbogen, muss aber unbedingt noch schnell in den Brunnen mit dem Steindelfin schauen. Die Goldfische hauen ab, als ich mich über den Rand beuge, und ich laufe weiter quer über den Hof, den Hang hinauf in die Küche zu Mathilde.

»Ja Lisa, wo bleibst du denn, ich hatte schon Angst, dir ist was zugestoßen«, sagt Mama, als ich atemlos auf der Terrasse ankomme.

Ich gebe ihr die Sonnenbrille, hocke mich auf einen gelben Korbstuhl und sage: »Tschuldigung, ich habe getrödelt.«

Die Erwachsenen lächeln.

Spitzi fingert in der Nase und starrt dabei ins Leere, merkt aber keiner.

»Hast sicher Durst von der Rennerei«, sagt Tante Elwina und gießt mir Himbeerbrause ins Glas.

Während ich trinke, sagt Matte: »Schleckst du dir gleich wieder das Maul ab wie ein Hund?«, was ihm einen ärgerlichen Blick von Onkel Max einbringt. Ich gucke Matte an und sage nichts. Hab ich schon raus, dass ihn mein Schweigen fuchst.

Mama schneidet eine Semmel auf: »Was möchtest du drauf haben, Heike?«

»Bitte Honig«, sagt sie und sofort Wenni: »Igitt, der klebt hinterher irgendwo an dir rum, das kriegst du nie wieder weg.«

Onkel Max schüttelt den Kopf: »Matte, Wenni, wieso seid ihr so hässlich zu den Mädchen, das gefällt mir überhaupt nicht.«

»Aber Papa, ist doch nur Spaß«, sagen die fast gleichzeitig.

»Solche derben Späße sind nichts für zarte Mädchen«, sagt Onkel Max und Tante Elwina hat den Kopf gebeugt. Ich glaube, sie verkneift sich ein Grinsen.

»Tschuldigung«, murmelt Matte.

Also, was Onkel Max da fertig bringt mit Matte, der bei uns immer so dicke tut!

Spitzi erschrickt, als Mama ihr Händchen schüttelt und flüstert: »Thea, du kannst doch hier nicht so einfach rumpopeln.«

»Ist aber noch viel drin«, sagt die.

Das Telefon bimmelt. Matte springt auf und rennt durch die Terrassentür ins Haus. »Gott sei Dank, das wird mein Vater sein«, sagt Mama und geht schnell nach hinten.

»Komm Mama, Tante Agnes ist dran«, ruft Matte.

Tante Elwina hastet zum Telefon: »Hoffentlich ist alles gut bei ihr in Berlin.«

Mama setzt sich wieder, atmet tief ein und sagt zu Onkel Max: »Ich hab so gehofft, es ist mein Vater.«

»Liebe Marga«, sagt er, »du weißt, wie schwierig in diesen Kriegswirren eine Telefonverbindung ist. Deine Eltern werden bestimmt bald eintreffen.«

Tante Elwina kommt zurück: »In Berlin wird's immer schlimmer mit den Luftangriffen. Aber meine Schwester will partout nicht mit ihren Kindern herkommen. Als ob ihr Mann in Berlin nicht alleine leben könnte.«

Seufzend setzt sie sich wieder und schält eine Birne.

Sogar unter dem großen Sonnenschirm wird's mir zu heiß.

»Tante Elwina, darf ich reingehen und rumspazieren in euren Gemächern?«

»Ja gerne. Matte und Wenni geht mit, die Mädels könnten sich verlaufen.«

»Jetzt wartet doch mal«, sagt Heike und putzt mit der Serviette ihre Brille.

»Ich bleib lieber hier.« Spitzi gähnt.

Im Zimmer hinter der Terrasse steht ein Korbsofa unter einem Männerkopf mit Spitzbart.

»Wer ist der?«, sage ich.

»Irgendein Ahne«, antwortet Matte, »schaut er nicht grauslich? Wenni hat ihm mal ein Steinchen mit dem Einmachgummiring ins Auge geschossen. Papa ist gleich hingelaufen, war aber nichts passiert. Das Auge glotzt immer noch. Trotzdem hat Wenni bis zum Abendbrot brummen müssen.«

»So richtig wie ein Bär?«, sage ich.

Die Buben schauen sich an, zeigen mit ihren rechten Daumen auf mich, und Matte sagt zu Wenni: »Die da hat keine Ahnung, was Stubenarrest ist.«

Heike guckt stinkwütend, zeigt mit ihrem rechten Daumen auf die Jungens und sagt zu mir: »Die da sind doof wie Schifferpisse.«

Sekundenlang bleiben die Münder der beiden offen, dann sagt Wenni: »Woher kennst denn du so einen schweinischen Ausdruck?«

»Pff«, sagt Heike, »verrate ich nicht!«

»Schifferpisse, die Heike hat Schifferpisse gesagt.«

Matte und Wenni boxen sich und lachen.

Onkel Max steht an der Terrassentür: »Was ist los, warum macht ihr so einen Krach?«

»Die Mädels wollten unbedingt mal einen Boxkampf sehen«, sagt Wenni.

»Also sowas«, flüstert Heike, »der lügt einfach«.

»Aha, ein Boxkampf, so so«, sagt Onkel Max und geht wieder.

»Du Lügenbold«, sage ich zu Wenni, während wir durch einen Korridor schlendern, wo sich durch gewölbte Dachfenster die Sonne breit gemacht hat.

Wenni tut so, als hat er mich nicht gehört. In Wirklichkeit wurmt es ihn aber, weil er mich anrempelte und jetzt mit fiesem Grinsen sagt: »O Verzeihung, meine Dame.«

»Hier ist Mamas Stübchen«, sagt Matte.

Er öffnet die Holztüre und wir gehen zu dem schwarzen Schreibtisch. Der hat Messingfüße wie verschlungene Weinstöcke und die Schubladengriffe sind wunderschöne Masken.

»Jugendstil«, sagt Matte.

»Aha«, sage ich, tue, als ob ich das verstehe, und schau die Fotos auf dem Schreibtisch an. Im Silberrahmen steht Onkel Max auf einer Wiese mit Matte und Wenni, alle lachen. Daneben, im runden Messingrahmen, lehnt eine schöne schwarzhaarige Frau mit großen Augen ihren Kopf an eine Pferdeschnauze.

»Das ist Tante Agnes und ihr Samuel, sie reitet wie der Teufel«, sagt Wenni.

Auf dem nächsten Foto liegt im Korbbettchen ein Baby, das mich vergnügt anschaut. Ich nehme den Rahmen hoch, Heike fährt dem Baby zart mit dem Zeigefinger übers Gesichtchen, ich dann auch.

»Wer ist das süße Baby?«, sagt sie und stellt den Rahmen wieder hin.

Keiner antwortet. Wir drehen uns um, die Jungens sind verschwunden.

»Bei der Truhe warten sie«, sagt Heike, als wir aus der Tür schauen.

»Kommt, weiter vorne könnt ihr übers Land sehen«, sagt Matte auf dem Flur.

»Wer ist das süße Baby auf dem Foto?«, sage ich.

Keiner antwortet.

Matte öffnet das Fenster.

»Schaut mal, paar Meter weiter links ist die Terrasse. Die Großen hocken immer noch da.«

»Wer ist das süße Baby?«, sagt Heike.

»Ihr hört einfach nicht auf zu fragen«, sagt Matte.

Nachdem er das Fenster geschlossen hat, sagt Wenni: »Das Baby ist tot. Gestorben, als Matte und ich noch nicht auf der Welt waren.«

»Nein, das glaube ich dir nicht, nur uralte Menschen sterben, Wenni, du lügst schon wieder«, sagt Heike.

»So was lüge ich nicht! Wenn ein Spätzlein aus dem Nest gefallen ist und tot daliegt oder die alte Katze Elsa stirbt, das ist traurig, so was lüge ich nicht!«, sagt Wenni und hält beide Hände vor den Mund.

»Das Baby heißt Yvonne und ist nach zwei Monaten gestorben. Keiner weiß woran, hat Mama uns erzählt, man nennt das ›Plötzlicher Kindstod‹. Und dass sie und Papa erst wieder froh waren, als das Baby Matte gekommen ist und dann das Baby Wenni«, sagt Matte.

Heike und ich schauen uns an.

Nach einer Weile sagt Wenni: »Unsere Yvonne liegt bei den zwei Omas und Opas im Familiengrab, gleich links unter der alten Erle vor der Friedhofsmauer.«

Es sticht in meiner Brust. Ich will tief einatmen, krieg aber keine Luft. Aaah, jetzt kann ich gähnen.

Heike lehnt sich neben mich ans Fenstersims und sagt leise: »So ein liebes Babylein, mausetot.«

Sie schluckt, nimmt die Brille ab, trocknet sie mit dem Kleidsaum, während die Tränen weiter über ihre Wangen rinnen und ich weine auch.

Matte flüstert: »Heulsusen«, nimmt die Linke von Heike in seine Hände, streichelt sie bis zum Ellbogen und Wenni macht das auch so mit mir.

Keiner hat ein Taschentuch, so wischen Heike und ich Augen und Nase mit den Händen ab und trocken die in unseren Kleidern.

»Am schönsten war's auf dem Speicher«, flüstere ich zu Heike, die rechts neben mir liegt.

Spitzi schläft tief im Bett links.

»Ja, und was da alles rumliegt: Koffer, große Bilder mit ernsten Frauen und Männern, die ganzen Kisten. Und der uralte Holzschlitten. Nur die Spinnweben waren eklig. Komm zu mir rüber, Lisa.«

Ich rutsche aus meinem Bett, lege mich neben sie: »Weißt du, Heike, der bemalte Holzschrank mit den glänzenden Kleidern hat bestimmt einen geheimen Schatz in der Schublade, weil die abgeschlossen ist.«

»Quatsch, wahrscheinlich hat Tante Elwina den Schlüssel verbummelt, so wie Mama auch manchmal was«, sagt Heike.

»Komm, wir schauen auf den Hof«, sage ich, laufe zum Fenster und ruckele den blauen Vorhang zur Seite.

Heike sagt, als sie die Brille aufgesetzt hat und neben mir steht: »Uiii, Vollmond, ich sehe alles da unten.«

Auf einmal pustet der Wind dem alten Baum ins Blätterkleid und ich höre sein Rascheln in der Nachthitze. Aus den Blättern schaut mich ein Riese lieb an und wiegt den Kopf.

»Heike, siehst du den Riesen im Baum?«

Sie schaut erst mich an, den Baum, wieder mich: »Nur im Märchen gibt es Riesen.«

»Guck doch mal richtig hin.«

»Hab schon, da ist überhaupt niemand im Baum, du spinnst, ich geh wieder ins Bett.«

»Die Heike kann dich nicht sehen«, flüstere ich zu dem Riesen, winke ihm zu und geh auch ins Bett.

Kann aber lange nicht einschlafen.

Wir sitzen am großen Tisch im Kinderzimmer. Wie meistens schaut Thea morgens missmutig. Nie will sie aufstehen und schon gar nicht gewaschen und angezogen werden, wie heute von Mathilde. Die hatte uns schon drei Milchbecher hingestellt, bevor sie jetzt die Vorhänge aufzieht und sagt: »Wacht auf, Mädelchen, frühstücken.«

Sie stellt Semmeln, Honig, Marmelade und vier Eier auf den Tisch. Setzt sich, köpft Theas Ei und stellt es ihr mit einer halben Butter- und Honigsemmel vor die Nase.

»Wo ist Mama?«, sagt Thea.

»Das ist ein Geheimnis, erzähl ich euch nach dem Frühstück«, lächelt Mathilde.

Thea fingert von ihrer Semmel den Honig ab und lutscht.

»Na, Thea, hat's geschmeckt?«, sagt Mathilde.

Die schiebt ihren Teller weg und klettert vom Stuhl, als wir Schritte auf der Treppe hören und die Stimmen von Matte und Wenni.

»Seid ihr immer noch nicht fertig? Sie müssen doch jeden Augenblick da sein!«

Die Tür fliegt auf und Wenni ruft: »Also los, los, los, wir gehen zum Hoftor.«

»Und was sollen wir bitteschön dort?«, sagt Heike.

»Na, eure Großeltern kommen doch gleich. Tante Marga und Papa holen sie vom Bahnhof ab«, sagt Matte.

Das Geheimnis!

»Eure Mama hat mich gebeten, das erst nach dem Frühstück zu verraten, weil ihr sonst nichts esst vor Aufregung«, ruft Mathilde noch, als wir die Treppen runterstürmen.

Mir klopft das Herz, als ob es noch schneller zum Hoftor rennen will als ich. Wie sieht wohl unsere Oma aus und spricht sie anders? Das meint Matte, weil sie von den Masuren kommt. Und ob Opa sehr müde ist und sofort im Ohrensessel schläft und vielleicht doch seine Zähne nachts im Wasserglas reparieren lässt?

»Kannst du denn nie aufpassen, ewig guckst du in die Luft und jetzt bist du gestolpert«, meckert Heike, als ich schnell wieder aufgestanden bin und mein Knie reibe.

»Tut's weh, Lisa?«

»Nein, überhaupt nicht.«

»Immer rennt ihr blöden Kühe mir davon«, sagt Spitzi, die erst jetzt bei uns ist.

»Los, los«, sagen Heike und ich, nehmen sie an den Händen und rennen zu den Jungens ans Hoftor.

»Bist tapfer, die Mädchen in meiner Schule plärren, wenn sie in der großen Pause mal hinfallen«, sagt Matte und klopft mir sehr kräftig auf die Schulter.

Ich tue keinen Muckser. Wenni klopft mir auch. Wieder keinen Muckser.

Matte kraxelt das Hoftor bis zu den Eisenspitzen rauf: »Von hier kann ich observieren, wann der BMW die Straße hochfährt.«

Toll der Matte. Ich hätte Schiss da oben. Sage aber nichts, weil Wenni und Matte dann wieder so doof daherreden, nur weil ich ein Mädchen bin.

»Matte, bist du völlig übergeschnappt, komm sofort runter, wie oft haben die Eltern dir das verboten!«, ruft Karin, während sie quer über den Hof angerannt kommt.

Langsam klettert Matte runter und landet mit einem Sprung direkt vor ihr.

Die japst wegen ihrem Gerenne und bringt deswegen nur »Unerhört, ungezogener Bengel, unglaublich«, heraus.

Wir gucken alle auf den Boden, aber Matte sagt mit hochgerecktem Kinn: »Jemand muss schließlich auf Späherposition sein, wenn eine Oma und ein Opa aus Ostpreußen sich zur Stelle melden.«

»Späherposition, Späherposition, jetzt hört euch mal den an«, sagt Karin und ihre Augen funkeln im runden, zornigen Gesicht.

»Davon versteht ihr Frauen nichts, das ist Männersache. Trotzdem mache ich dir ein Angebot: Wenn du mich nicht an die Eltern verrätst, verspreche ich, nie wieder auf dem Hoftor Späherposition einzunehmen.«

Karin stemmt ihre Fäuste in die Hüften, ihr Mund wird ein Strich und ich gehe zwei Schritte rückwärts, weil bestimmt gleich was passiert. Aber dann lacht sie laut und sagt: »Also gut, junger Herr, nie mehr Späherposition auf Hoftor einnehmen, versprochen?«

Matte stößt zwei Finger und den Daumen in die Luft und sagt: »Hiermit schwöre ich und gebe dir mein Ehrenwort.«

»Und ich gebe dir mein Ehrenwort, dich nicht zu verraten«, sagt Karin und geht schnell über den Hof zurück.

»Danke«, ruft Matte ihr nach.

»Wofür brüllst du ›danke‹?«, sagt Onkel Max am Hoftor.

Na so was, haben wir das Auto gar nicht kommen gehört.

Kaum hat Onkel Max die linke Hoftorseite geöffnet, sind wir am Auto, drängeln vor den Fenstern und Thea quengelt: »Hebt mich hoch, los hoch, ich kann meine Oma und Opa nicht sehen.«

Matte tut's.

Sie bumpert gegen die Scheibe und ruft: »Oma, nimm mal bitte deinen Hut runter, ich sehe dein Gesicht nicht.«

Oma lächelt mit schönen großen Zähnen, nimmt den schwarzen Hut ab, legt ihn vors Heckfenster, beugt sich nach vorne und sagt mit ganz normaler Stimme: »O Marga, was habe ich für niedliche Enkelchen.«

Sie streckt ihren Arm aus Mamas Fenster, die hinteren kann man nicht runterkurbeln, und wir streicheln ihre Hand.

»Nicht so wüst, Schätzchen«, lächelt Mama.

Onkel Max kommt vom Hoftor zurück und sagt: »Jetzt geht bitte aus dem Weg, Kinder, ich fahre langsam auf den Parkplatz.«

»Eure Oma spricht genau wie wir«, sagt Wenni, als wir hinter dem Auto gehen.

»Und euer Opa sieht nicht aus wie von den Masuren«, sagt Matte, und ich hab keine Ahnung, was er damit meint.

»Die Oma glaubt, wir sind Engelchen«, flüstert Spitzi und Heike flüstert zurück: »Na klar, habe ich auch vorhin gehört. Vielleicht ist unsere Oma doch ein bisschen kaputt, also ich meine, nicht so ganz bei Trost, wie Irene mal zu dem fremden Mann bei unserem Spaziergang im Park gesagt hat.«

Mama hat ihren Sitz vorgeschoben, steigt aus und reicht Oma die Hand. Onkel Max macht's mit Opa so auf der anderen Seite, wo Wenni und Matte stehen, zu denen ich schnell gehe, weil ich unseren Opa ganz genau anschauen will, ob der wenigstens so aussieht wie einer. Unsere Oma nämlich nicht wie eine Oma: Sie hat keine weißen Haare mit einem Dutt im Nacken, sondern gewellte braune, trägt kein fast bodenlanges Kleid mit Schnür-schuhen, sondern ein tannengrünes Kostüm mit Sandaletten und eine schwarze Handtasche wie Mama. Jedenfalls sieht so nicht eine einzige Oma in Bilderbüchern aus. Opa hat wenigstens kreideweiße Haare und eine goldene Brille. Das ist aber alles.

»Was guckst du mich so an, Lisalein, habe ich vielleicht einen kohlrabenschwarzen Fleck im Gesicht?« sagt er.

»Nein. Aber bist du auch ganz bestimmt mein Opa, Ehrenwort?« sage ich.

Opa schaut sprachlos zu Onkel Max, der den Kofferraum schließt, Heike macht ihre wichtige Miene zu mir. Matte und Wenni haben zuerst sich angeschaut, dann mich und jetzt Onkel Max. Mama und Oma gucken mich auch nur stumm an. In die Stille sage ich ganz laut: »Ein Opa sieht im Bilderbuch uralt aus, mit weißem Bart, dicker Strickjacke, einem Stock, raucht Pfeife und sitzt meistens auf der Ofenbank.«

Opa lacht schallend los. Onkel Max, Oma und Mama mit, die Buben grinsen, Heike auch, Spitzi glotzt, und ich möchte mal wissen, was da so komisch sein soll. Opa geht vor mir in die Hocke und sagt: »Lisalein, es gibt Anfangs-Großeltern so wie wir, die sehen noch nicht so aus wie in den Bilderbüchern. Später, wenn du, sagen wir mal, 16 Jahre alt bist, sind wir End-Großeltern, uralt und ich rauche dann in einer dicken Strickjacke mein Pfeifchen auf der Ofenbank. Und die Sache ist geritzt, einverstanden?«

Ich nicke. Opa steht wieder auf und sagt lächelnd in die Runde: »Jetzt habe ich Mordshunger nach der langen Reise und die Oma sicher auch?«

»Also ab zu Elwinas Willkommensschmaus. Schaut mal, da oben am Fenster winkt sie«, sagt Onkel Max

Wir winken zurück, dann nimmt Opa den schwarzen Koffer, Onkel Max den braunen. Mama und Oma haken sich unter, schlendern hinter den Männern her und wir laufen um die Erwachsenen rum und gucken Oma und Opa an.

Mama frühstückt neuerdings später mit den Großeltern und wir mit Mathilde in unserem Zimmer, weil Kinder früher Hunger haben als ältere Leute.

Aber wenn wir uns beim Abendbrot für den nächsten Tag zum

Krebsfang verabreden, frühstückt Opa mit uns im Kinderzimmer. Und Wenni und Matte auch. Der macht den Opa vielleicht nach! Dass Matte neben ihm geht mit genauso den Händen in Hosen- oder Anoraktaschen, na ja. Aber dass er alle naslang »Die Sache ist geritzt« sagt, finden wir Mädchen doof. Sagen aber kein Sterbens- wörtchen, weil Heike meint, der hat eben jetzt einen Vogel, das gibt sich schon wieder.

Nach dem Frühstück gehen wir mit Opa durchs Schlosstor über die Dorfstraße zum Weg zwischen den Weizenfeldern bis an den Bach, überqueren das Holzbrückchen und latschen dann am Wiesenufer entlang, wobei wir abwechselnd den Blecheimer tragen. Weiter vorne ziehen wir Kinder die Holzpantinen und Opa Söckchen und Schuhe aus, waten im Bach über glitschige Steine und jeder, der zwischen denen einen Krebs entdeckt, sagt: »Krebs in Sicht«.

Sofort bleiben alle starr stehen. Opa schleicht an, packt ihn blitz- schnell, legt ihn in den Eimer und sagt: »Die Sache ist geritzt.«

Meistens fängt er sechs oder sieben Krebse. Oder wir finden nicht einen einzigen.

Kürzlich ist Opa ausgerutscht und auf dem Po gelandet. Der Eimer fällt ihm aus der Hand, kippt um, und die fünf Krebse sind schleunigst rausgekrabbelt und auf und davon.

»Kommt sofort zurück, ihr Teufelsbraten«, hat Opa im Sitzen gerufen, aber die Krebse dachten nicht im Traum daran.

Matte hat den Eimer aus der Strömung geholt und Opa sagte, als er aufgestanden war: »Krebse abgehauen. Nasser Opa-Popo. Schau heimwärts, Engel.«

Manchmal redet Opa seltsam und Matte flüstert dann: »Seht ihr, das ist masurisch. Zwar kann man's verstehen, aber es ist doch anderswie.«

Wir hocken mit Oma auf der uralten Terrasse neben dem Küchen- eingang. Mathilde trägt ein rundes Tischchen die bemoosten Stu- fen hoch, stellt es hin, sagt: »Kaffee und Orangenbrause kommen gleich«, und geht wieder.

Matte sagt zu Spitzi, die neben Oma auf der verwitterten Stein- bank sitzt: »Aber keine Karte verbummeln«, und gibt ihr das Tierquartett.

»Nächstes Jahr bin ich groß genug, da komm ich mit zum Heuhupfen«, mault sie.

Oma rückt ihr gestreiftes Sitzpolster zurecht. »Aber Tierquartett spielen magst du doch auch.«

»Sehr«, sagt Spitzi und dann zu Matte und mir: »Jetzt verschwindet doch endlich.«

»Lisa, Matte, wird's bald?«, ruft Wenni.

Und Heike: »Kommt, ihr Trödeltaschen.«

Während Matte und ich die Treppen runterhopsen, rufe ich: »Haltet die Klappe. Ihr Faultiere wolltet wegen den vielen Stufen unten warten.«

Wir überqueren den Hof, sind schon fast beim Heuschuppen, da bleiben Heike und ich stehen, schauen in die Wolken und hören genau hin.

»Spinnt ihr?« sagt Matte.

»Hört doch! Die Flugbären kommen! Wir müssen schnell in einen Keller!«, sage ich.

»Mir nach«, ruft Wenni und rennt zur Molkerei. »Los, der richtige Keller ist zu weit weg, beeilt euch.«

Wir rasen unter die Holzrampe. Matte öffnet die niedrige Türe und wir eilen den breiten Vorraum entlang zur Treppe, die wir runterrennen bis vor die Kisten, wo Resi und Inge aneinander gekauert hocken. Die Hintertüre zum hangabwärts liegenden Lagerhaus steht offen. Resi zittert.

»Brauchst dich bestimmt nicht zu fürchten, Resi. In München sind die Flugbären oft gekommen und wir waren im Räuberhöhlenkeller immer lustig mit Papas und Herrn Ulrichs Mundharmonikas«, sagt Heike.

»Ich weiß. Eure Mama hat's uns erzählt«, sagt Inge, mit einer langen Furche zwischen den Brauen.

Resi seufzt.

Vier kurze Pfiffe. Matte springt auf.

»Das ist Mamas Signal für sofortiges Erscheinen im Salon eins.«

Wenni rennt ihm nach. Mich erwischt Heike gerade noch am Arm, als ich auch hinterher will.

»Für uns gilt das Pfeifen von Tante Elwina doch nicht.«

Ich nicke und sage zu Resi: »Siehst du, die Flugbären sind abgehauen, die Sache ist geritzt.«

»Wie lange wird das noch gut gehen mit den Mädchen?«, sagt Resi leise zu Inge.

»Na ja«, sagt die.

»Resi, was soll gut gehen?«, sage ich, aber sie macht gereizt eine abwehrende Handbewegung.

Heike und ich gehen sofort durch die Hintertür den Wiesenabhang runter.

Nochmal vier Pfiffe. Matte und Wenni müssen doch längst im Salon eins sein, überlege ich und denke an die vielen Salons im Schloss. Salon zwei ist auf der Rückseite.

»Mathilde und Karin nennen ihn ›Spielhölle‹, weil dort Doppelkopf, Poker und Bridge gespielt wird. Mit den Brüdern von der Agnes Bernauer-Burg, Onkel Justus und Onkel Ferdi, der eigentlich Ferdinand heißt. Tante Annabell und Tante Klara, ihre Frauen, spielen auch«, hat Wenni beim Schussern erzählt.

»Und Mathilde stellt das Silbertablett mit den Käse- und Schinkenhäppchen immer auf die Anrichte im Nebenzimmer«, sagte Matte dann, »weil sie nicht will, dass alles nach Zigarren- oder Zigarettenrauch schmeckt.«

»Und ihr müsstet mal die Karin am nächsten Morgen hören: Die schnaubt wie ein Ross, während sie die Salontür aufreißt und die Fenster, faucht: ›Du elender Spielteufel, hast sie wieder mal in deinen Fängen gehabt. Puuuh, hier stinkts nach Rauch, kalter Asche und Alkohol. Übler als Schwefelgestank‹«, sagte Wenni vergnügt.

Wir Mädchen haben gelacht und ausgemacht, Matte und Wenni holen uns das nächste Mal ab, wenn sie wieder heimlich durch den Türspalt vom Salon zwei gucken.

Als es so weit ist, schleichen wir nachts in Bademänteln hinter den Buben her. Die machen dauernd »pssst, pssst«, als wir die Treppe runter über den langen Korridor zum Salon zwei tappen.

Matte drückt vorsichtig die Klinke runter und lässt uns durch den Türspalt schauen.

Oma, Tante Annabell, Onkel Max, Mama, Tante Klara, Tante Elwina und Onkel Justus sitzen in grünen Ledersesseln um den runden Steintisch und gucken auf ihre Karten.

»Die pokern«, flüstert Wenni und macht wieder »pssst«, als Heike sagt: »Was ist Pokern?«

Opa und Onkel Ferdi fuhrwerken mit den Stäben, die sie dauernd vorne mit Kreide bemalen, auf dem Billardtisch rum. Die Kugel knallt laut an den Holzrand und tippt gegen andere.

»Blödes Spiel«, flüstere ich.

»Nein, aber das ist eben Männersache«, sagt Matte.

Als er die Tür wieder zugemacht hat, sagt Heike: »Brrrr ist mir kalt.«

»Pssst nicht so laut, bist eh gleich im warmen Bett«, sagt Wenni und wir schleichen uns alle weg.

Am oberen Treppenabsatz sagt Matte: »Findet ihr allein zurück?«

»Ja klar«, sage ich.

»Also gute Nacht«, flüstern die Buben und wir auch.

Sie huschen nach links über den Flur, wir nach rechts.

Kurz bevor wir im Lagerhaus sind, reißt Resis Stimme mich aus meinen Gedanken.

»Lisa, Heike, kommt schnell zurück!«

Wir schauen hoch. Sie winkt und wir rennen los.

Resi und Inge stehen vor den Kisten, Herr Schworer, der Verwalter, geht aufgeregt hin und her: »Mädchen, lauft schnell zu eurer Mama.«

»Nein«, sagt Heike. »Ihr ruft alle nur noch ›komm, lauf, renn‹. Herr Schworer, was ist los?«

»Das Neue Schloss brennt. Der Baron hat's grade telefonisch erfahren vom Bischof Hohenauer. Gott sei dank war kein Geistlicher im Schloss, als es von den Bomben getroffen wurde. Die Kirche hält es verschlossen wegen den alten Büchern und Schriften aus dem Mittelalter.«

Herr Schworer seufzt und geht wieder auf und ab: »Unendlich Wertvolles verbrennt. Bis die Feuerwehr anrückt, ist alles in Asche, befürchte ich.«

Heike schaut Herrn Schworer an, als ob sie was sagen will, setzt sich dann aber auf die Kiste.

Inge hält die Hände vors Gesicht.

»Wer weiß, wann die Flugzeuge wiederkommen und auf was sie dann Bomben werfen«, sagt Resi wie zu sich selbst.

Mir wird mulmig, ich leg mich auf den Boden.

»Du bist aber blass«, sagt Heike, »musst du gleich kotzen?«

»Soll ich dich zu deiner Mama tragen?«

Herr Schworer beugt sich über mich.

»Nein, ist schon wieder gut.«

Ich stehe auf und hock mich neben Heike auf die Kiste. Sie nagt am kleinen Finger, was sie immer macht, wenn ihr was nicht passt.

»Heike, was ist los?«, sage ich.

»Lass mich in Ruhe, blöde Kuh«, zischt sie und beißt weiter.

Alle schauen sie verdattert an. Ich kenn das, man muss nur ein bisschen warten, dann redet sie wieder ordentlich.

Bitte, jetzt sagt sie schon ganz ruhig: »Lisa, komm, wir gehen wieder runter ins Lagerhaus, ich muss mit dir allein reden.«

Sie springt von der Kiste, sagt sehr vornehm: »Pardon, Herr Schworer, Resi und Inge«, und führt mich zur Hintertür raus.

Wir gehen den Hang runter. Ich halte mich ruhig. Bisschen bang ist mir schon.

Im Lagerhaus geht Heike auf und ab, nagt nicht mehr rum. Ich stehe vorm Traktor. Mir ist immer noch bang.

Heike kommt zu mir, schaut mich sehr lieb an und sagt: »Den Flugbären sind bestimmt die Bomben aufs Neue Schloss nur rausgerutscht und es tut ihnen schon längst Leid.«

»Also Heike, ob Bomben einfach so …«

»Weißt du noch, Lisa, beim letzten Boxkampf hat Matte dem Wenni bloß aus Versehen so toll auf die Nase gehauen. Erinnerst du dich, wie Leid es Matte getan hat, dass sie blutete?«

Ich nicke.

»Komm, wir suchen Matte und Wenni.«

»Ja.«

»Kriegst eine halbe Quarkspeise von mir.«

»Warum?«

»Darum«, sagt sie und rennt los.

Also die Heike ist vielleicht manchmal komisch.

»Wer klettert mit?«, hat Wenni gesagt.

Jetzt latschen wir über den Kieselsteinweg an der Laube vorbei zur Buche in der Ecke. Spitzi kommt immer mit, obwohl sie noch nicht raufkraxeln kann. Während sie um den Baumstamm geht, schaut sie zu uns hoch und hüpft von einem Bein aufs andere.

Plötzlich ruft Matte im Wipfel aufgeregt: »Herr Schworer hat den BMW vor der Mauer geparkt und Onkel Henrik ist auch ausgestiegen mit einem großen Koffer, sie gehen zum Portal! Jetzt kann ich sie nicht mehr sehen.«

Papa ist endlich wieder da! Ich spüre ein Feuer in mir drin wie nach einem großen Schluck heißem Früchtetee und umarme den dicken Ast, auf dem ich wie der Tiger im Zoo liege.

»Spinnst du wieder?«, sagt Heike über mir, »Hangle dich sofort runter, damit ich weiterkomme«.

Wenni steht schon neben Spitzi. Als Letzter springt Matte vom untersten Ast. Ich höre nur noch den Plumpser, weil Heike, Wenni und ich immerhin schon fast bei der Laube sind, als Matte uns eingeholt hat.

Spitzi plärrt wieder: »Wartet, wartet auf mich«, aber keiner tut's.

Ziemlich außer Puste rasen wir im Salon eins auf Papa zu, der die Arme öffnet, in die Hocke geht und »Meine Pinsel, meine Herzilein« sagt, uns streichelt, schwankt, umfällt und lacht. Wir klettern auf ihm rum, küssen und knuffen ihn, bis wir ermattet auf dem Boden liegen.

Wenni und Matte lehnen am Fenstersims.

Plötzlich sagt Matte ganz laut: »Achtung Fliegeralarm«, und macht »siii, siiiii, siiiiiii.«

Wenni ist inzwischen flink die Leiter vor der Bücherwand hochgestiegen. Matte marschiert langsam vor ihm auf und ab. Wenni breitet die Arme flügelgleich aus, dann hält er den rechten Arm wie ein Gewehr und schreit: »Bum, bumbum, bumbum.«

Matte zuckt schauerlich, fällt rückwärts um, blickt starr zur Decke und rührt sich nicht mehr.

»Aber Kinder, was macht ihr da?«, sagt Tante Elwina.

»Wir spielen Krieg. Ich war zuerst Tiefflieger und dann ein Soldat, der Matte mausetot geschossen hat«, sagt Wenni.

Matte steht auf und grinst.

»Wenni und ich haben oft Krieg gespielt, bevor Heike, Lisa und Spitzi hier waren. Jungensspiele kann man eben nicht mit Mädchen machen.«

Keiner sagt etwas. Die Erwachsenen schauen sich an.

Das halte ich nicht aus und sage: »Wo ist Onkel Max?«

»Auf dem Gestüt, Esmeralda kriegt ein Fohlen«, sagt der Mund von Tante Elwina. Aber sie ist ganz woanders.

Heute gibt's Frühstück auf der großen Terrasse. Die Erwachsenen reden kaum was. Nur: »Reich mir bitte die Butter«, und »Magst du noch einen Toast?«, und »Heute stürmt's ganz schön.«

Schließlich lehnt Onkel Max sich im Korbsessel zurück und sagt: »Wie schrecklich, alles niedergebrannt im Neuen Schloss. Lauter Zeugnisse aus dem Mittelalter, was für ein unermesslicher Schaden.«

Tante Elwina macht: »Psssst, die Kinder.«

Matte ruckelt auf seinem Stuhl, beugt sich vor und sagt sehr laut: »Bitte Mama, ich bin wirklich absolut kein Baby mehr, mach nicht ›psssst, die Kinder‹. Ich weiß, dass das Schloss abgebrannt ist.«

Wenni hämmert auf den Tisch: »Vor den Mädchen könnt ihr ›psst‹ machen, aber nicht zu uns Buben.«

Onkel Max steht abrupt auf.

»Matthias, Werner, kommt sofort in mein Arbeitszimmer, ich will mit euch sprechen.«

»Ja, Onkel Max, gib's ihnen ordentlich«, flüstert Spitzi, als sie weg sind.

Papa und Mama schauen sich vergnügt an.

Eine Weile sagt keiner was am Tisch.

Dann seufzt Papa und lächelt ein bisschen schief.

»Ach wie schade, meine Pinsel, ich muss morgen wieder zurück nach München, aber am übernächsten Wochenende, vielleicht, kann ich wieder herkommen.«

»Ja, Papa, bitte, bitte, und sag's uns vorher schon!«

»Gerne Lisalein, aber ich weiß erst einen Tag davor, ob ich abreisen kann. Die Telefonleitungen sind oft entweder kaputt oder überlastet, so dass ich nicht durchkomme, und für einen Brief ist es dann zu spät.«

»Dann bitte doch die Brieftaube Gerlinde.«

»O Gott, Lisa, diese Brieftaube ist im Märchenbuch, die flattert nicht einfach so in der Welt herum«, sagt Heike so richtig erwachsen.

Papa lächelt.

»Ja, leider, die Brieftaube Gerlinde ist nur im Märchen.«

»Jawohl«, sagt Spitzi, »da kann man nix machen.«

Die Schule von Matte und Wenni hat wieder angefangen. Herr Schworer fährt sie ganz früh nach Straußlach und wenn er sie mittags abgeholt hat, gehen sie sofort ins Speisezimmer, wo Tante Elwina und Onkel Max auf sie warten. Nach dem Essen erledigen sie ihre Hausaufgaben.

»Dann haben wir den Schreibkram hinter uns und können spielen«, hatte Wenni gleich bei Schulbeginn gesagt.

Beim Räuber-und-Schandiz-Spiel müssen wir Mädchen Räuber sein, die von der Schandiz gefangen und an den Traktor gefesselt werden. Und wir sollen inbrünstig um Gnade flehen, damit die Schandiz, also Matte und Wenni, uns wieder losbindet. Dann ist das Spiel zu Ende.

»Nein, das geht nicht, es gibt nun mal keine weibliche Polizei, wohl aber böse Räuberinnen«, hat Matte bestimmt, als Heike kürzlich sagte: »Wir wollen auch mal Schandiz sein und ihr die Räuber.«

Heute aber haben wir statt Spielen was anderes ausgemacht: Es ist zwar streng verboten, aber wir wollen trotzdem heimlich zur Ruine vom Neuen Schloss.

Auf dem schmalen Weg neben dem Maisfeld sagt Matte: »Gleich kommen wir zum kaputten Bus, dann ist es nicht mehr weit. Den haben Flugzeuge zerschossen. Keiner weiß, wer ihn hingefahren hat und wem der gehört. Plötzlich stand er voriges Jahr da.«

»Wieso haben die auf den Bus geschossen?«, sage ich.

»Weil nun mal im Krieg …«

»Mund halten!«, unterbricht Matte den Wenni und sagt zu mir: »Fragst am besten deine Mama.«

»Geht nicht, du weißt doch, wir sind klammheimlich hier, erlaubt ist nur die Dorfstraße runter bis zum Kramerladen.«

»Na ja«, sagt Matte, »also die haben auf den Bus geschossen, weil … weil … verdammt noch mal, ich weiß es nicht.«

Mir ist, als ob er schwindelt und ich sage: »Doch weißt du es.«

»Nein!«

»Doch!«

»Nein!«

»Ehrenwort?«

Er windet sich, als ob er Bauchweh hat.

»Lass den Matte endlich in Ruhe, blöde Ziege«, sagt Wenni.

»Ja, lass ihn, Lisa. Jungens sind eben manchmal störrisch«, sagt Heike und schaut mich mit wichtiger Miene an.

Ich nicke. Denke aber, wieso hält die auf einmal zu denen?

»Da vorne ist er«, ruft Heike und wir gehen durch den kleinen Graben zwischen Maisfeld und Straße zum ausgebrannten Bus.

»Nicht reingehen, drin ist alles voller Scherben«, warnt Wenni, als Heike das verrostete Treppchen hochsteigen will.

Jäh schauen wir zum dunkel bewölkten Himmel und lauschen.

»Ogottogottogott, die Tiefflieger kommen, schnell weg, sie schießen bestimmt wieder auf den Bus, mir nach«, ruft Matte und rennt los.

Heike und ich nehmen Thea an den Händen, rasen, sie plärrt. Die Buben springen über den Graben und laufen ins Maisfeld. Wir hasten mit Thea den Graben runter und wieder rauf ins Maisfeld.

»Los, noch weiter rein«, ruft Matte.

Es knallt fürchterlich. Ich kriege einen Mordsschreck, leg mich flach auf den Boden, Heike auch und wir ziehen Thea runter zu uns. Es knallt. Immer wieder. Matte und Wenni robben zu uns.

»Die Totschießer können uns nicht sehen, seid ruhig«, sagt Wenni.

Er ist ganz bleich. Ich zittere. Habe Angst. Wie alle.

Wieder bum, bum, bum, bum.

Ich halte mir die Ohren zu.

»Sie fliegen weg«, sagt Wenni, »aber wir müssen noch hier bleiben, vielleicht kommen sie zurück.«

»Die nicht, aber dicke Regentropfen«, sagt Matte wie befreit.

»Doch, die Flieger kommen wieder, hör doch, hör«, sage ich entsetzt und mache mich wieder ganz flach auf dem Lehmboden, Heike und Thea auch. Matte kriecht zu mir und sagt: »Brauchst keine Angst mehr zu haben, Lisa, das ist jetzt bloß Donnergrollen.«

Ich drehe mich auf die Seite, lausche, komme auf die Knie, lausche, stehe vorsichtig auf, lausche und sage: »Ja, ja, der Donner brummt, wie wunderbar.«

Und da platschen schon Tropfen auf die Maisstauden.

Heike ist auch wieder froh, aber Spitzi guckt ganz bös.

»Am besten, wir gehen in dem Gewitter durchs Maisfeld heim, da werden wir nicht so sehr nass. Ich kenn mich gut aus, kommt mir nach«, sagt Matte.

Ein gewaltiger Donnerschlag lässt uns stehen bleiben.

Thea ruft nach oben: »Dieser war mein Knall.«

Sie atmet schnell, ist knallrot, kurvt zwischen den Maisstauden, sprüht aus den Augen, stößt den Zeigefinger nach oben und als sie immer wieder zum Reden ansetzt aber vor Wut nur gurgelt und deshalb umso wilder mit dem Finger in die Luft sticht, platzt es endlich aus ihr raus: »Ihr bösen Flugbären seid Totschießer! Der nächste Donnerknall ist für euch, und dazu ein Blitz der euch entzwei haut, verstandibus.«

Thea schwankt, fällt um und keucht.

»So fuchsteufelswild war noch niemals der Studienrat Hockmüller, den wir heimlich Studienrat Taifun nennen«, sagt Matte verdutzt.

Heike, Wenni und ich schauen uns sprachlos an.

Da steht Spitzi auf, als ob überhaupt nichts war: »Der nächste Donner für Heike, gell? Danach kommt Lisa dran und ich will jetzt schnell zurück ins Schloss.«

»Ich auch, sonst werden wir pitschnass«, sagt Heike.

Ich bleibe stehen. Ist mir piepsegal, ob ich pitschnass werde oder nicht.

»Lisa, du trödelst, komm«, ruft Heike.

Ich tu so, als hör ich nichts. Der Matte hat vorhin geschwindelt wegen der Busbeschießung. Wenni auch. Und Heike hält zu den Buben. Finde ich gemein. Überhaupt ist sie so anders, ernst und still, seit sie mit mir reden wollte im Lagerhaus. Als ich sie deswegen neulich fragte, hat sie gesagt, ich bilde mir das nur ein. Und bei Mattes Busschwindelei hält sie nicht mal mehr zu mir. Richtig gemein. Mama kann ich nicht fragen, warum die Flugbären so böse geschossen haben. Sonst kriegen wir alle wegen Ungehorsam Stubenarrest.

Ogottogott, jetzt weiß ich's. Die haben geschossen, weil wir trotz ausdrücklichem Verbot zur Neue-Schloss-Ruine wollten. Ja, das ist es. Nie mehr schleiche ich mich dahin. Und heute Nacht guck ich, ob der liebe Riese im Baum ist. Dann wink ich ihm, weil er uns bestimmt beschützt hat bei der Schießerei.

»Lisa, wo bleibst du denn«, ruft Heike.

»Ich komme«, ruf ich und gehe schnell durch die Stauden zu den anderen.

Matte guckt sehr ernst. »Wir verraten den Eltern und Oma und Opa und überhaupt niemandem von der Tieffliegerschießerei. Schließlich dürfen wir nur im Maisfeld spielen, wenn wir vorher Bescheid geben. Und heute wollten wir noch nicht mal ins Maisfeld, sondern noch dazu heimlich zur Neue-Schloss-Ruine, was Papa ausdrücklich verboten hat. Hiermit schwöre ich und gebe mein Ehrenwort, eisern zu schweigen. Macht ihr's bitte auch so.«

Wir halten die Schwurfinger hoch und sagen: »Ich schwöre und ich gebe mein Ehrenwort.«

Heute ist Mattes Geburtstag.

Heike hat gesagt: »Ich schenke ihm zwei von meinen großen Glasschussern, die gefallen ihm viel besser als seine kleinen.«

Thea meint: »Mein Bild mit der gemalten Schlange auf dem Stamm unserer Kletterbuche mag der bestimmt lieber als deine Kugeln.«

Und ich sage: »Jungens, die in die Schule gehen, brauchen Lesezeichen und meins mit der Brieftaube Gerlinde freut ihn bestimmt mehr als euer Krimskrams.«

Wie die anderen auch haben wir unsere Geschenke in bemaltes Papier gewickelt und auf den Geburtstagstisch in der Laube gelegt. Bald müsste Matte hier sein, weil Herr Schworer die Buben heute früher von der Schule abholt. Tante Klara, Onkel Ferdi, Onkel Justus und Tante Annabell sind schon eingetroffen mit ihren fünf Kindern.

»Für den 16. September ist es noch ein herrlich warmer Tag, welches Glück zum Geburtstagsfest«, hat Mathilde beim Frühstück gesagt.

Sonst war sie fast nicht zum Aushalten mit ihrem dauernden Gerede: »Die Geburtstagstorte muss ich gleich in den Ofen schieben, hoffentlich ist der Schweinsbraten nicht zu zäh, fürs Topfschlagen darf ich die Überraschungen nicht vergessen.«

Und so fort.

Wir sind froh, als Opa an der Türe steht, um uns abzuholen.

»Tja Kinder, bei Oma und Mama dauerts noch, Frauen wollen sich zu Festen immer besonders schön machen. Also kommt bitte, wir gehen schon vor«, sagt er.

Auf der Treppe sagt Heike: »Und die Männer wollen sich nicht schön machen?«

»Doch, doch«, sagt Opa mit Spitzi an der Hand, »wir ziehen einen schönen Anzug an und die Sache ist geritzt. Die Frauen aber stehen seufzend vorm Schrank und sagen: ›Soll ich jetzt dies Kleid anziehen oder lieber den Rock mit der eleganten Bluse‹, und weiter geht es dann so mit Schmuck, ob Ohrringe oder Ringe, Halskettchen, Armreifen oder all dieses Getöse.«

»Aha«, sagt Heike, »ich verstehe.«

Auf dem Hof bedeutet sie mir, hinter Opa und Thea zurückzubleiben.

»Siehst du«, flüstert sie, »Matte hat Recht, der Opa spricht schon wieder masurisch. Eben hat er doch zu Mamas Schmuck gesagt, ›all dieses Getöse‹.«

»Heike, Lisa, was bummelt ihr so?«, ruft Opa.

»Weil es uns sternenklar geht«, sagt Heike, als wir bei ihm und Spitzi sind.

Opa bleibt stehen.

»Weil es euch wie geht?«

»Sternenklar.«

Opa brummt: »So so, sternenklar«, und geht weiter, schaut aber Heike nochmal von der Seite an.

Als ich sie nachmittags vorm Sackhüpfen danach frage, sagt sie: »Weißt du Lisa, dieses ›sternenklar‹ war irgendwie masurisch. Ich kann das nämlich jetzt und Opa hat mich sehr gut verstanden.«

Heike hat einen Vogel, denke ich. Trotzdem hat sie beim Sackhüpfen gewonnen.

Abends stellen wir uns auf der Treppe vor dem Portal auf. Tante Elwina geht hin und her, schaut durch ihren Fotoapparat und sagt: »Bitte Matte, stell dich zwischen Heike und Sophie.«

»Beeil dich Elwina, gleich ist die Sonne endgültig weg«, ruft Onkel Ferdi.

»Bitte alle lächeln!«, sagt Tante Elwina und drückt auf den Auslöser.

»Nein, jetzt ist's genug, es gibt nichts mehr, basta. Ihr könnt zuschauen beim Plätzchenformen und beim Ausstechen. Aber gegessen wird kein einziges mehr, sonst liegt ihr am Heilig Abend mit Bauchweh im Bett«, sagt Mathilde.

Sie zieht das Backblech voll duftender Schokoplätzchen aus dem großen Herd in der Küchenmitte und trägt es zum Eckschrank. Auf den gelben Borden daneben stehen vier Porzellanschalen, gehäuft voll mit Kirschplätzchen, Vanillekipferl und Nusshörnchen.

Sogar Papa ist seit ein paar Tagen hier! Als er mit Onkel Max aus dem BMW gestiegen ist, hat er uns nacheinander immer wieder durch die Luft gewirbelt.

»Diesmal kann ich über Weihnachten lange bei meinen lieben Pinseln bleiben. Und auch bei meiner schönen Frau«, sagte er plötzlich ganz laut, als er Mama durch den Schnee hersausen sah.

Im Salon eins duftet es nach dem hohen Tannenbaum, während Onkel Max beide Flügeltüren öffnet und sagt: »Hereinspaziert, liebe Kinder!«

Heike läuft aufgeregt zum Baum, wo sich bunte Geschenkpäckchen türmen. Ich bleibe stehen, weiß nicht, soll ich zu den flackernden Baumkerzen oder hat da nicht grade im Kamin der Flammengeist geknistert, Lisa, Lisa?

Wenni nimmt mich an der Hand und sagt: »Glotz nicht, komm, diesmal liest Oma die Weihnachtsgeschichte vor.«

Heike und ich stellen uns zwischen Opa und Papa vor den Baum. Oma liest. Genauso wie jetzt geht es mir auch, wenn sie Märchen erzählt. Ich weiß nie, worum es darin geht, weil ich immer nur auf das »Rrrr« in ihren Worten lauere. Sie rollt das »R« so dunkel und lang, dass ich nach wie vor glaube, in ihrer Zunge ist ein winziger Motor.

Im Sommer hat Oma auf der uralten Terrasse, als die anderen in der Küche Brause holten und wir beide allein waren, für mich ihre Zunge rausgestreckt und ich durfte sie mit Zeigefinger und Daumen drücken. Kein Motörchen und auch sonst überhaupt nichts.

Aber vielleicht hat sie doch was drin, klammheimlich.

Oma klappt die Bibel zu, die Erwachsenen umarmen erst sich, dann uns, sagen »Fröhliche Weihnachten«, und als Oma mit mir dran ist, sagt sie: »Guck mal schnell«, und zeigt mir hinter vorgehaltener Hand kurz ihre Zunge.

»Zufrieden?«, sagt sie.

Ich nicke. Aber das ist geschwindelt.

Matte, Wenni, Heike und Thea haben auch ewig Omas »R« geübt, aber keiner kriegt es hin.

»Na ja«, hat Matte gemeint, »das ist eben eine masurische Zunge.«

»Völlig falsch, du Schlauberger«, sagte Heike. »Oder kannst du mir vielleicht erklären, warum dann das ›R‹ vom Opa genauso klingt wie unseres?«

Matte hat überlegt, mit den Augen zur Flurdecke.

»Klar kann ich das, so sicher wie das Amen in der Kirche, wie Herr Schworer immer sagt.«

Wir haben ihn groß angeschaut. Das gefällt ihm, und darum antwortet er immer erst mal nicht.

Nachdem er sich auf ein Sesselpolster hockte und die breite Treppe runtergerutscht ist, hat er gesagt: »Das ist doch sonnenklar: Opa rollt das ›R‹ nicht so wie Oma, weil er ein Mann ist. Nur Frauen aus Ostpreußen haben die masurische Zunge.«

Kurz nach dem Bibelvorlesen von Oma meint Heike: »Das Christkind ist nun mal gescheiter als wir«, weil wir uns so wundern über unsere drei Schlitten mit Schleifchen an den Kufen, ganz hinten unterm Weihnachtsbaum. Bei keiner von uns stand »Schlitten« auf dem Wunschzettel. Aber dann haben wir vielleicht gejubelt!

Für Matte und Wenni lehnen Fahrräder an der Wand, ein rotes und grünes. Matte ist gleich über den Flur gefahren, Wenni kann es noch nicht.

Die zwei Gänsebraten haben wir jetzt ratzekahl aufgegessen, alle sind pappesatt, und ich bin sooo müde. Da singen Oma und Opa am festlichen Tisch plötzlich ein russisches Weihnachtslied. Papa steht schnell auf, holt seine Mundharmonika, versucht sie zu begleiten, klappt aber nicht. Also singen Oma und Opa einfach so ihr Lied. Ich versteh kein Wort. Aber es ist richtig schön.

Sylvester ist lustiger als Weihnachten. Allein schon wegen den Knallfröschen und den sirrenden Raketen, aus denen bunte Sternchen fliegen. In München haben wir die vom Hof in die Luft geschossen mit Herrn Ulrich, seiner Frau, den Nachbarn, Sissi, Peter, Robbi und Helga. Angezündet und weggeschleudert hat sie Papa.

»Mama, bitte, nur ein einziges kleines Knallfröschchen«, drängelt Heike, als die Erwachsenen nach den Mitternachtsschlägen der Schlossuhr auch uns aufs Neue Jahr zuprosten.

»In der nächsten Sylvesternacht lassen wir so viele Knallfrösche hüpfen, wie ihr wollt«, sagt Mama, »aber dieses Jahr kann man keine kaufen.«

»Aber ei, ei, ei, was habe ich denn da in München doch noch ergattern können?«, sagt Papa plötzlich.

Lächelnd geht er zum Eckschrank neben dem Christbaum, holt einen Karton raus und stellt ihn auf den runden Holztisch. Dann streckt er die Arme nach oben, rollt fürchterlich mit den Augen, legt die Hände über Kreuz auf den Karton und sagt: »Abrakadabra!«

Er öffnet ihn, macht »Huiii!«, und hält in jeder Hand ein paar Wunderkerzen.

Alle klatschen.

Wir stellen uns quietschvergnügt vor Papa auf. Matte kriegt zuerst eine, Spitzi die letzte.

»Jetzt schnell auf die Portaltreppe«, sagt Papa.

Und als die Wunderkerzen knisternd Sternchen in die Nacht sprühen, sagt Spitzi: »Das ist vielleicht eine stille Sylvesterknallerei.«

Keiner von uns hat gemerkt, wie Spitzi sich hinter der uralten Steinterrasse mit ihrem Schlitten ganz nach oben schlich. Jetzt rodelt sie den steilen Abhang runter. Ich drehe gerade meinen Schlitten rum, da höre ich Spitzi schreien: »Aus der Bahn, juchu, aus der Bahn!«

»Spitzi, du musst bremsen, Spitzi, bremsen«, brülle ich.

Der Schlitten saust schräg runter, kippt fast um, fängt sich wieder und rumpelt über die Steintreppe. Spitzi umklammert die Kufen. Entsetzt sehen wir, wie sie auf die gestapelten Holzscheite vor der überdachten Wand des Geräteschuppens zusteuert.

»Brems Spitzi, du musst bremsen«, schreit Matte und wir rennen zum Schuppen.

Ein fürchterlicher Bums.

Holzscheite prasseln auf Spitzi. Sie schreit fürchterlich. Vorsichtig nehmen wir die Scheite von ihr weg und schauen dann wie erstarrt auf das Stöckchen in ihrem Schenkel und die blutige Steghose. Plötzlich fällt sie wie eine Puppe auf den Rücken und ist still.

»Sie braucht sofort einen Arzt, ich renne zu Mathilde hoch«, sagt Matte.

Ich sammle ganz viel Luft, wie beim Tauchen in der Badewanne und brülle so laut ich kann: »Mathilde, Maaathiiilde.«

»Was schreist du denn so«, ruft sie an der Küchentür.

»Die Spitzi verblutet«, ruft Matte.

»Um Himmels Willen, ich komme sofort.«

Spitzi ist eingeschlafen. So viel Wenni auch »Spitzi, Spitzi«, flüstert, sie wacht nicht auf.

Ich hab solche Angst. Mathilde kommt angerast.

»Spitzi, Herzchen«, sagt sie, tätschelt ihre Wangen, »wach auf, Kindchen, o mein Gott, sie ist ohnmächtig.«

Mathilde kniet sich neben den Schlitten, legt ihren Mantel über Spitzi und flüstert: »Gleich ist Mama hier und der Onkel Doktor. Ich hab ihnen schon Bescheid gegeben.«

Tante Elwina, Onkel Max, Mama und Papa kommen angelaufen, reden durcheinander. Onkel Max sagt: »Doktor Fluhr kommt sofort.«

»Ja, bitte, bitte!«, sagt Heike und wir heulen.

»Nicht rausziehen, sonst blutet es noch mehr«, sagt Papa und legt die Hände schützend um das Stöckchen.

Mama hockt neben dem Schlitten und flüstert: »Mein armer Liebling. Mein armer Liebling.«

Tante Elwina steht da wie erstarrt.

Onkel Max hat das Hoftor geöffnet. Jetzt fährt ein graues Auto rein. Der Doktor mit großer Tasche steigt aus und eilt her.

»Ich bin heilfroh, Herr Doktor Fluhr, dass Sie so schnell gekommen sind, danke«, sagt Papa.

Spitzi ist aufgewacht und brüllt schrecklich. Der Doktor öffnet seinen kleinen Koffer, holt zwei Schächtelchen raus und sagt ganz lieb: »Ich gebe dir eine Spritze, gleich tut es nicht mehr weh.«

Er beugt sich über Spitzi.

Papa hat ihr inzwischen den Ärmel hochgeschoben, der Doktor tupft mit dem Wattebäuschchen in die Armbeuge, sticht dann eine lange Nadel rein und drückt vorsichtig den Spritzensaft in Theas Arm.

Gleich danach werden ihre Augen schwer und sie schläft wieder ein.

»Es geht ihr besser«, flüstert Matte.

Der Doktor schneidet die blutige Hose um den Stock rum weg und sagt: »Den lassen wir drin, ich fahre das Kind sofort nach Straußlach ins Spital, die Wunde muss genäht werden. Bitte besorgen Sie mir drei Decken.«

»Sofort Herr Doktor«, sagt Mathilde und läuft den Hang hoch.

»Helfen Sie mir, wir betten das Kind auf die Rückbank«, sagt der Arzt.

»Marga, hol bitte unsere Mäntel, Geld und Ausweise«, sagt Papa.

Mama geht schnell die Steintreppe rauf.

»Hier Henrik, Schlüssel und Papiere«, sagt Onkel Max und Papa bedankt sich.

Als Spitzi eingewickelt auf der Rückbank liegt, fährt der Doktor los. Die Eltern hasten zum BMW und folgen ihm.

»Gut, dass Oma und Opa mit Herrn Schworer aufs Gestüt zum Fohlen Willi gefahren sind. Als ich den Stock in Spitzis Bein gesehen habe, war mein Herz für einen Moment stumm. Und die Großeltern haben doch alte Herzen, vielleicht wären die kaputt gegangen vor Kummer«, sage ich zu Heike.

Die schaut mich an, als ob sie nicht so recht weiß, was sie von mir halten soll.

Mit freudigem Knistern und Knacken begrüßt der Flammengeist Thea, während sie an Mamas Hand in den Salon eins humpelt und sich aufs Kuhfell vor den Kamin setzt.

»O, hochvorzüglich dein Verband«, sagt Heike ganz genauso wie Papa, der vorgestern leider wieder nach München fahren musste.

Wir hocken uns neben Thea und ich sage: »Tut es denn noch weh, Spitzi?«

»Nein. Aber den armen Männern im Krankensaal bestimmt noch. Jeder hat seinen Verband woanders. Mal um beide Arme, dann um ein Bein oder um den Kopf wie eine Kappe. Der eine hat mich gefragt, ob ich hingefallen bin. Und ich hab ihm alles erzählt mit dem Schlitten.

Plötzlich ist Schwester Gabi reingekommen. Die trägt so eine Haube wie Mattes weiße Papierflieger. Sie hat mich geschimpft, weil ich aus dem Kinderraum abgehauen bin. Aber da war ich doch ganz allein. Dann hat sie mich am Ohr gezupft, zurückgebracht und gesagt: »Zur Strafe kriegst du keinen Apfelsaft.«

»Was, so böse war Schwester Gabi mit dir?«, sagt Mama.

»Herzlos«, sagt Oma.

Heike und ich rücken ganz nah zu Spitzi.

Wenni stellt sich neben sie.

»Morgen kannst du meinen Apfelsaft auch trinken, wenn du magst, außerdem bist du endlich wieder bei uns und vergisst einfach diese blöde Schwesterziege.«

Onkel Max räuspert sich, als ob er sich gar nicht räuspern muss.

Matte beugt sich zu Spitzi: »Wenn diese Schwester Gabi mir mal unterkommt, schieße ich ihre Fliegerhaube zu Brei.«

»**Gott** sei dank ist dir nichts passiert, Henrik, wie froh ich bin. Ja, ich hoffe auch, bis bald.«

Im Salon eins legt Frau Nauhof den Hörer auf die Gabel zurück. Langsam geht sie zum Fenstertisch, setzt sich wieder, gießt aus der Rum-Karaffe einen Schuss in ihr Teeglas und sagt zu Baron Aufburg: »Ein Sohn vom Professor Meilhofer ist zurückgekommen. Er hat ein Bein im Krieg verloren. Von seinen zwei anderen Söhnen gibt es schon seit Wochen keine Nachricht, sagt Henrik.«

»Wie schrecklich, der arme Mann«, flüstert die Baronin.

Wieder läutet das Telefon. Der Baron steht auf und nimmt den Hörer ab.

»Hallo, hallo Henrik, bist du's nochmal? Ich kann dich nicht hören, Henrik, hallo? Hallo …«

Er legt den Hörer wieder auf die Gabel.

»Wahrscheinlich war das Henrik, aber die Leitung hat nicht funktioniert.«

Frau Nauhof sagt leise: »Und dann hat Henrik noch berichtet, dass sein Zug auf der Rückfahrt von Tieffliegern beschossen wurde. Der Lokführer und die Fahrgäste sind rausgerannt und duckten sich ins Gebüsch neben den Schienen. Gottlob hat nur der Zug was abgekriegt. Die letzten beiden Wagons wurden abgehängt und er konnte weiterfahren.«

»Ach je, dann wird wohl schon bald überhaupt kein Zug mehr hierher fahren«, sagt die Baronin.

Das Telefon läutet wieder. Frau Nauhof eilt zum Sekretär und hebt ab. »Ach du bist es wieder, Henrik, wie schön. Nein, wir haben noch nicht den Wehrmachtsbericht gehört. Mittags rauschte es ständig im Radio. Wie meinst du? Wie bitte? Henrik, jetzt sag schon, was los ist. Also gut.«

Frau Nauhof hält den Hörer in der ausgestreckten Hand: »Max, komm bitte, Henrik will lieber mit dir sprechen.«

Sie geht zum Tisch zurück.

Der Baron schaut aus schmalen Augen im bestürzten Gesicht auf die Glas-Karaffe, die in der Januar-Sonne glitzert.

»Ja, doch, Henrik, ich bin noch dran«, sagt er. »Furchtbar, Graf Moltke verhaftet. Hitler wird kurzen Prozess machen mit ihm. Hast du Einzelheiten gehört? Wer außer dem Moltke ist noch *verhaftet? ... Henrik, hallo, hallo, ich höre dich nicht mehr, Henrik, hallo ...«*

Baron Aufburg behält den Hörer in der Hand, lehnt sich an den Sekretär und sagt abwesend: »Die Leitung ist unterbrochen.«

Alle Erwachsenen schreien in den Telefonhörer, egal ob Tante Elwina ihre Schwester in Berlin oder Mama den Papa in München anruft. Kann ich verstehen. Aber dass jetzt Onkel Max auch Herrn Schworer anbrüllt, wo der doch nicht weit weg auf dem Gut ist …

Als das Telefon grad läutete, ist Wenni losgerannt: »Papa, für dich, der Herr Schworer.«

»Mit dem ist was, so geschnauft wie er hat«, sagt Wenni und setzt sich wieder.

Onkel Max ruft: »Elwina, o mein Gott, bitte komm schnell her.«

Oma hält ihre Hände wie einen Trichter um den Mund und flüstert über den Tisch: »Da ist bestimmt etwas Schlimmes passiert, Marga, soll ich mit den Kindern weggehen?«

»Mal sehen, warten wir's ab«, sagt Mama leise.

Grad hol ich mir das Honigglas her, als Tante Elwina ganz langsam zum Tisch kommt und sich ganz langsam setzt. Onkel Max geht zum Opa, flüstert ihm ins Ohr, worauf der Onkel Max anstarrt wie ein Gespenst. Dann schaut Opa Oma an und sagt furchtbar ernst: »Hast du nicht Lust, in diesem Frühlingswetter zur Alten Mühle zu gehen und nimmst alle Kinder mit?«

»Mich aber nicht, was soll ich da?«, sagt Matte.

Oma steht hastig auf: »Ich male euch eine riesige Acht auf den Boden vor der Molkerei. Matte und Wenni probieren die Acht auf dem Fahrrad zu fahren und ihr Mädchen versucht es vielleicht auch. Oder passt auf, ob die Buben auch nicht mogeln.«

»Hochvorzüglich und ich rufe Achtung, fertig, los«, sagt Spitzi.

Wir folgen Oma, die schon durch die Terrassentür verschwunden ist.

»Die Erwachsenen glauben wirklich, wir sind doof. So doof, dass wir nicht merken, es ist etwas Schlimmes passiert, wenn sie blinzeln oder tuscheln«, sagt Matte später auf der Holzrampe so richtig fuchsig.

Ich will grade die Acht-Linie mit Wennis Rad versuchen, als der ruft: »Was schenkt ihr uns, wenn wir rauskriegen, warum die Großen uns vorhin loswerden wollten?«

»Den knallroten Schusser«, sagt Heike.

»Von mir kriegt ihr zu Ostern eins von meinen bunten Eiern«, sagt Spitzi.

»Und von mir eine halbe Quarkspeise«, sage ich.

»Akzeptiert. Und jetzt zeige ich euch, wie man ordentlich eine Acht fährt«, sagt Matte.

»Mathilde, was ist mit dir, du guckst so traurig«, sagt Heike im Kinderzimmer.

Wenni und Matte sind auch da.

»Die Großen essen heute Abend mal zusammen und die Kleinen«, hatte Onkel Max nachmittags gesagt und gelächelt, aber nicht so wie sonst.

Knubbelig sind Mathilde's Augen und sie schnieft immer wieder.

»Teufelsdreck, was ist passiert?«, sagt Matte.

»Jesus Maria, versündige dich nicht!«

Mathilde bekreuzigt sich.

Matte formt die Zeigefinger auf der Stirn wie Hörner, rollt die Augen und feixt: »Mathilde, Teufelsdreck ist ganz, ganz fromm. Du weißt, so nennen wir Lakritze und die vertreibt doch den Teufel.«

»Nichts wie Flausen im Kopf der junge Herr, was soll aus dem bloß werden?«, lächelt jetzt Mathilde.

»Na Teufelsdreck«, sagt Spitzi.

»Ich bin satt und gehe noch ein bisschen in den Kuhstall, wer kommt mit?«, sagt Matte, während Mathilde abräumt. Dazu blinzelt er wie verrückt.

»Aber die Resi ist längst weg«, sagt Heike, und da blinzelt Matte noch viel mehr.

»Also los, auf in den Stall«, sagt Wenni.

Wir holen die Jacken vom Türhaken.

»Kommt aber bald wieder zurück«, ruft Mathilde.

»Was sollen wir hier und warum hast du so rumgeblinzelt?«, sagt Heike, während Matte die Stalltür aufschiebt.

»Weil uns hier jetzt niemand stört. Und Wenni und ich einen Plan haben, wie wir gemeinsam rauskriegen, warum die Großen uns heute Vormittag loswerden wollten«, sagt Matte und hockt sich auf den wackeligen Melkschemel.

Wenni lümmelt auf einem Strohballen und sagt: »Der Plan ist eine Kriegslist: Wir sind Spione auf Erkundigungsmission.«

»Ja«, sagt Matte. »Spitzt die Ohren, Mädchen. Papa hat heute Nachmittag zu mir gesagt: ›Mein Junge, Herr Schworer fährt euch drei Tage nicht in die Schule und sorge bitte dafür, dass ihr Kinder im Schlossbereich bleibt.‹ Also, da muss was ganz Schlimmes passiert sein, von dem wir Kinder nichts wissen sollen. Aber morgen ist Waschtag. Da nehmen Wenni und ich oft Spion-Position ein im Kellergewölbe. Das ist enorm wichtig. Versteckt im Hinterhalt erfahren wir alles durch Karin, Resi und Inge, weil Frauen beim Waschen immer ratschen. Diesmal dürft ihr mit, habt ja einen Schusser, ein Osterei und eine halbe Quarkspeise dafür versprochen. Damit es aber todsicher nicht auffliegt, muss jeder eisern auf seinem Standplatz verharren, bis der Kommandant, also ich, das Zeichen zum Abbruch der Operation gibt. Und dann sofort Abmarsch zur Endposition Lagerhaus. So, und jetzt prägt euch alles genau ein: Morgen, acht Uhr dreißig, schleicht einer nach dem anderen mucksmäuschenstill den dusteren Treppengang runter ins Gewölbe und dann …«

Unter dem runden Kellerfenster stehe ich vor Fässern und atme Holz-, Moder- und Weinduft ein.

Es ist auch verboten, im Gewölbe zu flüstern, sagte Matte gestern im Stall und so winkt Wenni, der rechts in einer Nische steht, mich ran, als ich zwischen den Fässern rausblinzle.

Dämpfe kriechen überall wie Nebelschwaden.

Wenni zeigt nach vorne. Ich nicke, weil ich auch hörte, wie Resi und Inge »Guten Morgen, Karin«, sagten. Sofort geht Gepolter los. Es wird geschoben, in Zubern geplantscht und Holzschuhe klappern.

Auf einmal ist Stille. Bedrückt stehen die Frauen um den großen Waschbottich.

»Mein Vater hat dem Hölzlbauern immer wieder gesagt, Franzl, jetzt kauf dir endlich einen bissigen, großen Hund, so einsam wie dein Gehöft liegt«, sagt Resi und stöhnt tief.

»Ach geh', den hätten die doch genauso erschossen wie die armen Bauersleut mitsamt ihren drei kleinen Kindern und der Magd. Es müssen Deserteure gewesen sein, weil die ...«

Weiter kann ich Inge nicht mehr hören wegen dem kurzen Wasserrauschen.

»Eine ganze Familie und die Magd erschossen, wie kann man bloß kleine Kinder ...« Karin seufzt und weint.

»Mit der Magd, der Hilde, war ich zur Kommunion, o, o das arme Hildchen, ich kann mir nicht vorstellen, dass sie tot ist«, sagt Resi und weint schrecklich.

Inge wimmert: »Die Soldaten morden bestimmt weiter. O Gott, hab ich Angst!«

Sie verbirgt ihr Gesicht in den Händen.

Ich bin starr vor Schreck. Durcheinander. Wieso wird aus dem Tiefflieger auf uns geschossen, Bomben fallen aufs Schloss und wieso wird eine Familie totgemacht?

»Komm, wir hauen ab«, flüstert Wenni.

Am Treffpunkt beim Lagerhaus sagt er: »Die sind auch weggelaufen«, als Heike, Matte und Spitzi herkommen.

Mir ist kalt. Ich kann nicht reden.

»Operation Hinterhalt im Kellergewölbe vorzeitig abgebrochen. Spione wie geplant vorm Lagerhaus angetreten«, sagt Matte mechanisch.

Wenni kichert, wie er's macht, wenn er ängstlich ist.

Während wir reingehen sagt Heike: »Jetzt lass mich endlich los«, und schiebt Spitzis Hände weg.

Langsam geht Matte zum Traktor, umfasst das linke Hinterrad und stöhnt und schluchzt, dass es ihn schüttelt. Er stößt sich ab, geht rum, als weiß er nicht wohin mit sich, steht jäh still und sackt zu Boden. Auf die Knie gebeugt versteckt er den Kopf in den Armen, als will er nicht hier sein.

Wir hocken uns zu ihm. Ich muss weinen, weil er so schrecklich traurig ist und ich Angst habe.

Er hebt den Kopf und wischt sich das Gesicht ab.

Stockend sagt er: »Vor zwei Jahren, als der Wenni im Bett lag mit Husten, waren ich und Herr Schworer beim Hölzlbauern draußen, weil ihre Katze Liesl fünf Junge geworfen hatte. Wir standen im Stall um ihr Lager. Wie die Liesl fauchte, wenn eins von uns Kindern ihren winzigen Kätzchen zu nahe kam. Später kriegten die drei Hölzlkinder und ich Milch und Zopfkuchen, die Erwachsenen Bier. Die ganze Familie hockte mit Herrn Schworer und mir gemütlich in der Küche.«

Matte verbirgt wieder seinen Kopf in den Armen.

»Jetzt sind sie alle tot«, sagt er leise. »Erschossen von Soldaten.«

Heike beißt auf ihrem Finger rum. Da kann ich nicht ihre Hand nehmen.

»Sind die süßen Kätzchen auch totgemacht?«, sagt Spitzi.

Matte nickt, schaut mit blinkernden Augen nach oben, als ob er weinen muss und nicht will. Bei Spitzi kullern Tränen. Reglos sitzt sie da.

»Das waren bestimmt diese bösen Soldaten, die auch Bomben aufs Neue Schloss geworfen haben«, sagt Wenni in die Stille.

Matte seufzt tief, schaut Wenni nachdenklich an und sagt: »Du hast Recht. Zwei oder drei sind bestimmt mit Fallschirmen abgesprungen und haben sich erst mal in den Hinterhalt gelegt, also versteckt.«

Wenni hält die Hand vor den Mund und sagt: »Ach du lieber Gott!«

Wir schauen ihn an.

»Matte«, flüstert er, »wir haben doch Papa versprochen, den

Mädchen das Kriegsspiel vorzumachen, weil sie zart und viel schwächer sind als wir Buben.«

»Ja, ja, ich weiß«, sagt Matte plötzlich ganz ärgerlich. »Aber das war widerlich für mich. ›Du musst dich doch beschissen fühlen bei der Lügerei‹, hat Kurt in der Schule gesagt. Und auch die anderen Jungens waren ausnahmslos dagegen. Jörg sagte, ›meine kleine Schwester wird aber nicht angelogen‹. Und ich will jetzt endlich auch nicht mehr lügen. Also ihr Mädchen, das ist absolut kein Spiel. Wir sind im Krieg, da wird gebombt und erschossen. Habt ihr doch erlebt, wie die Tiefflieger auf den Bus schossen und beinahe auch auf uns. Das Neue Schloss ist zerbombt worden und gerade haben Soldaten auch noch eine ganze Familie erschossen. Jetzt wisst ihr Bescheid.«

Heike, Spitzi und ich schauen uns hilflos an, so, als kann das alles doch nicht stimmen.

Mama hat mich einfach angelogen, denke ich furchtbar traurig. Papa auch. Die haben mich bestimmt nicht mehr lieb. Aber den Wenni und Matte schon. Die lügen sie nicht an. In meinen Augen sticht's und brennt's. Ich reibe sie. Mir ist ganz schwer in mir drin. Und es tut weh.

Stumm sitzen ich und die anderen im Kreis.

»Schon … in München … haben die Eltern uns … angelogen«, sagt Heike mit immer wieder Pause, weil sie weinen muss. »Und auch Elise und Irene. Und Herr Ulrich.« Schluchzend putzt sie die Brille sehr lange mit ihrem Kleidsaum.

Keiner sagt was.

Ganz plötzlich weint sie nicht mehr, steht auf und sagt: »Wir gehen jetzt zu Mama und fragen, warum sie uns angelogen hat.«

»Nein, Heike, nein, das ist Hochverrat. Dann weiß sie, dass wir Spionposition im Kellergewölbe bezogen hatten. Das bringt Stubenarrest für alle ein. Und außerdem kriegen wir nie wieder was raus, weil unser Hinterhalt dadurch auffliegt«, sagt Matte aufgeregt.

Heike schluckt, setzt sich wieder zu uns und sagt: »Was machen wir jetzt?«

»Nichts«, sagt Matte.

»Wie, nichts?«

»Ihr berichtet eben nicht, dass ihr Bescheid wisst«, sagt er.

Ich schüttle den Kopf.

»Das will ich nicht.«

»Ich auch nicht«, sagen Heike und Spitzi fast zusammen.

Matte ist empört.

»Ja, glaubt ihr, Wenni oder mir gefällt das? Aber wir haben keine Wahl. Hab ich euch doch gerade erklärt. Also gebt euer Ehrenwort, nichts zu sagen.«

Wir zögern noch.

»Ehrenwort, Matte«, sagen wir dann nacheinander.

Heute waren Matte und Wenni schnell fertig mit den Schulaufgaben.

»Nur den Aufsatz, den schreibe ich lieber abends, wenn das sonnige Wetter vorbei ist«, sagt Matte, als die Jungens uns vom Mittagessen abholen.

»Bitte auf keinen Fall im Steintümpel den Bobby streicheln, Kinder. Denkt daran, der Karpfen hat Oma letzthin in den Daumen gebissen«, ruft Mathilde am Treppengeländer.

»Es ist Frühling und trotzdem Winter«, sagt Heike, während wir durch den Obstgarten gehen.

Zwischen beschneiten Kieselsteinen schlängeln sich Butterblümchen hoch und Hundsveilchen leuchten an den Baumstämmen. Vogelgezwitscher noch und noch. Ich hüpfe und will in die Wolken fliegen. Spitzi lacht: »Zizidä, juchu, zizidä.«

Die dunkelgrüne Eisentür vom Gewächshaus quietscht, als Matte und Wenni sie aufziehen. Warme, süße, geheimnisvolle Düfte verzaubern mich sofort in eine Schwester vom Feigenbaum. Nur er und ich wissen das, und ich kniepe ihm zu.

»Im Sommer, ganz zeitig, packt Mama oft den Picknickkorb und wir frühstücken hier«, sagt Wenni vorm alten Mühlsteintisch mit der Schmiedeeisenbank.

Matte flüstert hinter spaßig vorgehaltener Hand: »Und hin und wieder bei Vollmond spielen die Eltern hier Schach und trinken Sekt. Papa hat mal gesagt, bei Sekt-Vollmond spielt Mama Schach wie alle russischen Weltmeister zusammen.«

Wir lachen.

Ich schaue hoch, schließ die Augen und stelle mir vor, der bleiche Vollmond guckt beim Schachspiel von Tante Elwina und Onkel Max zu. Vom Dachsparren hängen an langen Seilen Tongefäße mit überquellenden Pflanzen, die mir in der feuchten Nachtluft zuwinken und kleine Bambusbäume wispern um die Wette mit dem Farn gegenüber.

Meine Waden stoßen an etwas Kaltes, ich wanke, fange mich wieder. Alle lachen.

»Jetzt wärst du fast in Bobbys Tümpel gefallen, da hätte der sich aber gewundert«, feixt Wenni und Heike sagt: »Also weißt du Lisa, dein Glotzen kennen wir ja, aber jetzt auch noch mit geschlossenen Augen …«

»Schade, dass du nicht reingeplumpst bist zum Bobby«, sagt Spitzi und hockt sich auf den Steinrand.

»Ihr müsst euch nicht über Lisa lustig machen, es gibt nun mal besondere Mädchen«, sagt Matte.

Ich schaue in seine Augen und in mir sind Kornblumen.

»Das ist wieder typischer Mädchenquark. Ich muss seit zwei Jahren mit ›Heil Hitler‹ grüßen, jeden Lehrer, und du kriegst einen Dickkopf, bloß weil du zu einer einzigen ›Heil Hitler, Frau Lehrerin‹, sagen sollst«, meckert Matte Heike an.

Die hat gerade ihre Schultüte so hastig in den Kofferraum gelegt, dass Äpfel und Birnen rauskullern, dann schmeißt sie ihren Ranzen daneben und sagt schon wieder: »Ich gehe nicht mehr in die Schule, wenn ich ›Heil Hitler‹ grüßen muss. Hab ich euch schon drei Mal erklärt: Grüß Gott ist schöner!«

Frühmorgens hatte Onkel Max zu den Buben gesagt: »Heute braucht euch Herr Schworer nicht nach Straußlach zu fahren, weil alle Kinder Heike zum Schulanfang ehrenhalber begleiten dürfen.«

Und jetzt dieser Affenzirkus von ihr.

Sie ist schon mit zusammengepressten Lippen nach dem Schlussklingeln über den Schulhof marschiert und stumm ins Auto gestiegen.

Auf der Heimfahrt sagte Mama: »Ist dir nicht wohl, Heikelein?«

Da hat sie bockig den Kopf geschüttelt.

Jetzt stehen wir alle um das Auto, weil Heike nach dem Aussteigen stampfte und sofort schreit: »Nein, ich sage nicht ›Heil Hitler‹, nein, nein, nein, basta.«

Tante Elwina schaute kurz aus dem Fenster, nun ist sie bei Heike: »Sieh mal Schätzlein, was ich dir von Papa zum Schulanfang geben soll, weil er leider, leider nicht kommen kann.«

Und schon hat sie eine Wunderkerze angezündet. Heike ist augenblicklich still, nimmt die sprühende Kerze, lächelt, dreht sich langsam mit ihr. Mamas und Tante Elwinas Blicke kreuzen sich verschwörerisch.

»Heikelein, später mal kannst du bestimmt wieder ›Grüß Gott‹ sagen, aber momentan musst du leider ›Heil Hitler, Frau Lehrerin Neudeck‹« flüstern. Nur flüstern, das reicht. Verstandibus?«, sagt Mama.

Heike schaut sie mit wichtiger Miene an: »Verstandibus. Hochvorzüglich. Ich flüstere jedes Mal ›Heil Hitler‹.«

Drei

Matte, Wenni und Heike müssen nicht mehr zur Schule. Matte sagt wegen dem Krieg. Die Erwachsenen sind plötzlich ganz anders. Nicht die Bohne mehr gemütlich, hören sofort auf zu reden, wenn wir Kinder dazukommen. Aber wir kriegen doch viel mit. Wie sie von den Amis reden: »Hoffentlich besetzen die nur Straußlach.«

»Wo denkst du hin? Die wissen doch, dass hier ein Schloss ist.«

»Amis sind unsere Feinde«, sagt Matte.

»Die Russen aber auch. Und die sind böser«, sagt Wenni.

Ich hab schon wieder Angst.

»Was machen wir, wenn die Amifeinde zu uns kommen?«, sage ich.

»Der Plan ist folgender: Wir holen Proviant aus der Küche und verstecken uns auf dem Speicher«, sagt Matte.

»Ja«, sagt Heike, »hochvorzüglich. Und Decken nehmen wir auch mit.«

»Und das Mensch-ärgere-dich-nicht-Spiel«, sagt Spitzi.

Ich fühl mich wieder ganz leicht.

Oma und Opa hören sehr oft Radio, obwohl es knackt und manchmal so hoch schrillt, dass ich mir die Ohren zuhalten muss. Aber plötzlich kommt überhaupt nichts mehr raus, so viel Opa auch dagegen klopft.

Er hat grade beim Kaffeetrinken – wir frühstücken jetzt immer mit Mama und den Großeltern in unserem Zimmer – seine Tasse lange fest gehalten, geseufzt und gesagt: »Alle Deutschen fliehen massenweise aus Ostpreußen vor den Russen.«

»Was machen die Russen denn, Opa?«, sagt Spitzi.

»Das weiß man nicht so genau. Bald haben sie den Krieg gewonnen und da machen Soldaten immer Gefangene«, sagt er, als redet er mit sich selbst.

»Aber Vater, die Russen sind doch weit weg«, sagt Mama laut.

Oma und Mama schauen Opa böse an, der sagt leise: »Tut mir Leid.«

Heike stupst mich gegen's Schienbein und guckt wichtig. Ich hab auch kapiert, dass Opa sich verplappert hat mit der Erwachsenenlügerei wegen dem Krieg. Oma und Mama sind böse auf ihn.

Sofort nach dem Frühstück gehen wir zum Buben-Zimmer und hören sie schon vom Flur aus toben.

»Klar, wieder mal Boxkampf«, meint Heike.

Wir öffnen die Tür und sie sagt: »Stellt euch vor, Opa hat sich verraten.«

»Wie ›verraten‹?«, sagt Wenni.

»Der hat vom Krieg geredet und von den Russen und dass sie Gefangene machen«, sagt Heike.

»Und wie ging's weiter?«, sagt Matte zappelig.

»Mama und Oma haben ihn böse angeschaut«, sage ich.

»Und weiter?«

»Nix weiter. Wir sind gleich zu euch gekommen.«

»Schade. Sie hätten endlich ihre Lüge gestehen können«, sagt Wenni.

Heike, Spitzi und ich schauen uns verzagt an.

»Und was machen wir jetzt?«, sagt Heike.

»Erst mal nichts. Wir üben mit euch Radlfahren, wenn ihr wollt«, sagt Matte.

»**Die** Mädchen konnten vorhin ja nicht schnell genug zu den Buben kommen«, sagt Frau Nauhof nachdenklich am Frühstückstisch.

»Vielleicht, weil ich mich eben verplappert habe«, meint Herr Dowsky.

In das Schweigen sagt Marga Nauhof: »Seit einiger Zeit haben die Mädchen sich verändert, sie sind so ernst. Und spröde, wenn ich sie umarmen will. Findet ihr das auch?«

»Ja, Marga. Vor ein paar Tagen haben wir uns darüber unterhalten. Aber Gabinka meinte, wir wollen dich nicht beunruhigen«, sagt ihr Vater.

»Inwiefern beunruhigen?«

Herr Dowsky steht auf, schaut aus dem Fenster, dreht sich wieder um.

»Ich weiß nicht so recht, wie ich dir das sagen soll, Marga.«

Schweigen.

»Weißt du, Gabinka und ich … also … könnte es vielleicht sein … wir meinen … befürchten …nun, dass die Mädchen vielleicht unseren Kriegsspielschwindel …«

»Nicht mehr glauben«, sagt Frau Nauhof. »O Gott, das wäre schrecklich für die Kinder. Ihr Vertrauen …«

Schweigen.

»Aber wenn es so wäre, warum reden sie nicht mit uns darüber?«, sagt Frau Dowsky.

Schweigen.

»Mutter, wenn ich mir vorstelle, ich wäre noch ein Kind und merke, meine Eltern lügen mir schon lange was vor … wäre ich wohl stumm und fassungslos …«

»Margalein, wir könnten vorsichtig versuchen, mit den Mädchen zu reden«, sagt Frau Dowsky leise.

»Nein, nein, auf keinen Fall. Lasst mich erst Henrik fragen. Vielleicht werden sie einfach reifer und sind deshalb nicht mehr so verschmust«, sagt Frau Nauhof seufzend.

»Ja, mag sein, du hast Recht«, sagt ihre Mutter. »Und wenn erst dein Baby da ist, wirst sehen, dann sieht alles ganz anders aus.«

Marga Nauhof nickt und legt die Hände auf ihren Bauch.

»*Ist* doch stinklangweilig, das doofe Mikado-Spiel, kommt Treppenrutschen«, sagt Matte und geht zur Kinderzimmertür raus.

»Ich bleib hier, guck lieber Bilderbücher«, sagt Spitzi.

Wie kleine Bäche zuckelt der Regen die Fensterscheiben runter. Blöd, dass wir nicht draußen spielen können.

»Wenni, geht es dir nicht gut? Du bist so still«, sagt Heike.

Er antwortet nicht, trottet Matte hinterher.

»Was haben die bloß?«, flüstere ich Heike zu.

»Kriegen wir schon raus«, sagt sie.

»Was ist los mit euch?«, sage ich auf dem ersten Treppenabsatz.

»Jetzt red halt«, sagt Heike, die Matte am Pulli fest hält, als er die nächste Stufe runterrutschen will.

Er bleibt auf dem Kissen hocken, knubbelt an den Fingerspitzen und wir setzen uns zu ihm.

Nach einer Weile sagt er: »Gestern waren wir wieder im Waschkeller auf Spion-Position.«

»Gemein! Ohne uns«, sagt Heike und ich nicke.

Matte tut, als hat er nichts gehört.

»Die kriegen die doch nie, nie!«, sagt Wenni.

»Wen kriegen die nie?«, sage ich.

Matte sagt langsam: »Karin, Resi und Inge haben darüber gesprochen, dass alle Bauern ihre Buben im Wald verstecken. Mit Decken, Proviant, Taschenlampen und was man noch so braucht, weil die Bauern Angst haben, ihre Buben werden … Wartet, ich hab's gestern extra aufgeschrieben.«

Matte kramt aus seiner Hosentasche einen Zettel: »Unsere Buben sollen für die Hitlersau als Kanonenfutter verheizt werden. ›Deutscher Volkssturm‹ nennt der das. Der Führer ist verrückt geworden. Unsere Buben kriegt der nicht.«

»Ist doch gut, dass die Buben im Wald sind, dort findet sie niemand«, sagt Heike.

»Aber die frieren, schaut mal wie es regnet«, sagt Wenni.

»Die verkriechen sich schon. Im Köhlerhäuschen oder unter die Rehfutterkrippe. Dafür müssen sie nicht in den Krieg und totgeschossen werden«, sagt Heike.

»Die Bauern sorgen bestimmt für ihre Kinder«, sage ich.

»Die Sache ist geritzt«, sagt Wenni.

»Klar«, sagt Matte, »die Sache ist geritzt.«

Und wir rutschen wieder auf unseren Sofakissen die Treppen runter.

Jetzt feiern wir schon zum zweiten Mal Weihnachten bei Onkel Max und Tante Elwina.

Die Schneeflocken rieseln und rieseln. Sogar der Springbrunnendelfin trägt lange Eiszapfen und einen Schneemantel.

Mama hat Frühstück gemacht, weil natürlich alle Dienstboten den ersten Weihnachtsfeiertag bei ihren Familien feiern. Am großen, langen Küchentisch sitzen wir mit Opa und Oma, die immer wieder zur Tür schauen.

Ich muss an gestern Abend denken. Als das Glöckchen bimmelte, war ich bald ziemlich böse auf das Christkind. Kaum sind wir beim Tannenbaum im Salon eins suchte ich überall Papa. Nirgends war er. Dabei steht in knallroten Buchstaben auf meinem Wunschzettel: »Bitte Christkind, Papa zu uns bringen.«

Ganz klein darunter: »Malkasten und großer Block.«

Die Jungens und wir haben den ganzen Tag gefragt: »Kommt Papa?«,

»Hat Onkel Henrik angerufen?«,

»Ist er am Heiligen Abend auch bestimmt bei uns?«

Die Erwachsenen sagten: »Ich weiß nicht«,

»Die Telefonleitungen funktionieren kaum noch«,

»Die Züge fahren in diesem Schneegestöber nicht mehr oft«.

Als Oma die Bibel geöffnet und die Brille aufgesetzt hat, sagte Heike: »Brauchst nicht vorzulesen, der liebe Gott ist überhaupt nicht lieb, er bringt den Papa nicht hierher.«

Oma nahm ihre Brille in die Hand und sagte: »Heikeschätzchen, was meinst du dazu: Ich lese die halbe Weihnachtsgeschichte vor, und wenn Papa da ist, den Rest. Gefällt dir das? Dann frag bitte, ob alle einverstanden sind.«

Heike stellte sich auf die Zehenspitzen: »Also, ihr habt doch nichts dagegen, oder?«

Alle haben gelächelt und Matte sagte zu Oma: »Die Sache ist geritzt.«

Während sie die Bibel wieder aufgeschlagen hat, ist Opa zu ihr gegangen: »Warte mal, Gabinka.«

Oma schaute hoch, Opa hat ihr einen Kuss gegeben und gelächelt: »Morgens Rei, mittags frei.«

Typisch Opa. Wieder was Masurisches. Hat Matte nach Omas Vorlesen auch gemeint.

»Lisa, du träumst schon wieder, iss doch deinen Stollen auf«, sagt Oma.

Bumm, bumm, bumm, klopft es. Alle schauen zur Tür.

»Hoho!«, ruft eine Knurrstimme, »Von drauss vom Walde komm ich her und liebe alle Kinder sehr.«

Langsam geht die Klinke runter, die Tür bisschen auf, eine Hand umfasst den Rahmen, und dann schnellt die zweite vor. Was hält die da Komisches? Juchu, juchu, Schweinestachel!

»Papa, Papa«, rufe ich und springe vom Stuhl.

Schon hat er die Türe aufgestoßen, geht in die Hocke, öffnet die Arme, wir hüpfen rein, streicheln, knuffen ihn, ziehen seine Ohrläppchen und Papa japst und lacht: »Meine Pinselchen, meine Herzilein.«

»Kinder, lasst Papa wieder los, er lechzt bestimmt schon nach unserem letzten Bohnenkaffee«, sagt Opa nach einer ganzen Weile.

»Hmhm, Kaffeeduft«, sagt Papa, setzt sich an den Tisch und trinkt, wobei er die Augen schließt und gleichzeitig schnuppert.

Heike stellt sich neben seinen Stuhl: »Guck mal, ich mach jetzt wie die Frau Heil Hitlerin Neudeck.«

Sie geht langsam hin und her, kreuzt die Arme vor der Brust, schiebt das Kinn vor und sagt streng: »Schüler Papa, warum kommst du Weihnachten zu spät?«

Mama, Opa und Oma fiepschen wie Mäuse auf dem Speicher.

Papa prustet, macht dann ein ernstes Gesicht: »Frau Heil Hitlerin Neudeck, leider musste ich nachts stundenlang durch den Schnee stapfen, von Straußlach bis hierher. Kein Bus fährt mehr, weil alles zugeschneit ist. Entschuldigung bitte.«

»Gut, ich nehme die Entschuldigung an. Schüler Papa, setzen«, sagt Heike.

»Aber Frau Hitlerin Neudeck, ich sitze doch schon.«

Heike guckt belämmert: »Also gut, jetzt bin ich wieder ich.«

Spitzi sammelt die Stachel ein, bringt Heike und mir einen und klettert auf ihren Stuhl.

Papa erzählt von seinen Kollegen in München und wie sich die Enkel von Herrn Ulrich aufs Christkind freuten.

Plötzlich sagt Heike: »Oma, das Christkind ist doch lieb und jetzt könntest du die Weihnachtsgeschichte zu Ende vorlesen, weil Papa endlich hier ist.«

»Gerne, Heikelein, heute Abend, wenn wir den Baum wieder anzünden, einverstanden?«

Am nächsten Morgen schneidet Mama beim festlichen Frühstück den Rest Stollen in Scheiben. Die Jungens sind schon ganz früh mit ihren Eltern auf die Burg gefahren.

»Wir besuchen Onkel Justus und Onkel Ferdi immer am zweiten Weihnachtstag«, hat Wenni gestern gesagt, »wollt ihr mit?«

»Nö«, sagte Heike, »Spitzi und Lisa mögen auch nicht.«

»Dann eben nicht«, hat Matte pampig gesagt.

Und eine Weile sind die Buben nur alleine mürrisch gerodelt und nicht zu zweit mit uns Mädchen. Dabei ist doch Papa jetzt da. Da wollen wir überhaupt nicht wegfahren!

»Papa, spielst du mit uns nach dem Frühstück Domino?«, sage ich.

»Ja, gerne«, sagt er.

Sonst nichts. Aber er streicht mir dabei über den Kopf. Der ist heute vielleicht still. Hat uns Mädchen oft ernst angeschaut. Mich jetzt schon wieder.

»Papa, warum schaust du so ernst?«, sage ich.

»Ach, tue ich das? Hab ich nicht gemerkt. Am besten, ihr geht schon mal vor in euer Zimmer, holt das Spiel raus und ich komme gleich nach, ja?«

»Jetzt warten wir schon so lange auf Papa, soll ich ihn holen?«, sagt Spitzi im Kinderzimmer.

Aber da hören wir ihn schon die Treppe hoch kommen.

»Leider bin ich ein bisschen spät dran«, sagt er, schließt die Tür und setzt sich an den Tisch.

Dann atmet er schon wieder tief durch.

»Papa, so schlimm ist dein Getrödel doch nicht«, sagt Spitzi.

Aber er seufzt, stützt sich mit verschränkten Armen auf den Tisch und schaut uns so groß an wie überhaupt noch nie.

»Popel nicht schon wieder«, sagt Heike zu Spitzi.

»Eigentlich will ich euch lieber vom Lügenbaron erzählen, wie heißt er doch gleich?«, flüstert Papa sehr langsam.

»Münchhausen«, sagen wir alle drei.

Und dann piepst Spitzi: »Der lügt wie du.«

»Oje«, Papa hält seine Hand vor den Mund.

»Mama lügt auch«, sagt Heike.

»Und auch Tante Elwina und Opa und Onkel Max, und … und … und Oma«, sagt Spitzi.

»O mein Gott«, sagt Papa.

Sonst nichts.

»Ihr seid so gemein«, sagt Spitzi, hampelt auf dem Stuhl rum, rutscht runter, stellt sich vor Papa und sagt leise: »Die armen Kätzchen totgeschossen und die Kinder auch und die Familie auch. Der Matte war so furchtbar traurig … Und die armen Kätzchen …«

Spitzi weint jämmerlich.

»Ja, so gemein seid ihr«, sage ich und muss die Augen reiben, weil sie stechen und brennen und Tränen kommen.

»Ja, richtig gemein«, höre ich Heike schluchzen. »Habt von lieben Flugbären gelogen. Die haben aber ganz böse im Maisfeld auf uns geschossen …«

»O Gott, was sagst du da? Was hast du gesagt?«

Papa ist aufgestanden, setzt sich wieder mit Heike auf dem Schoß und sagt so, als muss er gleich weinen: »Sie haben auf meine Pinselchen geschossen … Wann ist das passiert, um Gotteswillen?«

Papa nimmt behutsam Heikes Brille ab, wischt ihr mit dem Taschentuch das Gesicht trocken und gibt's dann mir. Ich wische auch und geb's dann Spitzi, die reinschnäuzt.

»Im Sommer. Aber die Flieger haben nur auf den Bus geschossen. Uns haben sie nicht erwischt, wir sind ins Maisfeld gerannt«, sage ich.

»Nein, o nein, das war ja grauenhaft für euch«, flüstert Papa, »grauenhaft.«

Dauernd wiegt er Heike auf seinem Schoß.

»Aber warum habt ihr Mama nichts erzählt?«

»Weil … wegen Wenni … der Matte hat gesagt … wir haben geschworen … Ehrenwort auch … Onkel Max hat verboten zur Neue-Schloss-Ruine zu gehen … trotzdem wollten wir hin …«, reden wir durcheinander.

»Ach sooo. Ausgebüxt seid ihr. Na ja, das tun Kinder schon mal.«

»Du bist nicht böse auf uns?«, sage ich.

»Nein, nein, überhaupt nicht. Ich selbst bin ja böse und dumm, kurzsichtig …«

Papa atmet schwer und schüttelt andauernd den Kopf. Und dann sagt er wie zu sich selbst: »In welche Gefahr ich euch mit dieser idiotischen Lügerei gebracht habe, nicht auszudenken …«

»Papa, ich will jetzt auf deinen Schoß«, sagt Spitzi und Heike gleitet runter.

»Wart mal Heike«, sagt er und hält sie noch kurz fest. »Woher wisst ihr von … von … dieser armen … Bauernfamilie … den Kindern …?«

»Und den toten Kätzchen«, sagt Spitzi.

Papa nickt.

Heike schaut Spitzi und mich mit wichtiger Miene an und flüstert: »Papa, das kann ich nicht sagen. Das ist sonst Hochverrat.«

»Wie bitte?«

»Hochverrat.«

»Aha. Und was soll ich jetzt machen?«, sagt er.

»Matte und Wenni fragen«, sagt Spitzi und klettert auf seinen Schoß.

Wir rennen aus der Laube Richtung Kletterbuche, weil Matte, »Hier spricht die Polizei, Räuberinnen kommt raus«, gerufen hat und Wenni: »Bumm, das war ein Warnschuss. Stehen bleiben oder ich schieße!«

Ich hocke mich auf die Frühlingswiese und Heike sagt: »Gleich müssen wir sowieso zurück zum Mittagessen. Und das war mein allerletztes Räuber-und-Schandiz-Spiel, ich habe absolut keine Lust mehr, mich andauernd …«

Wir schauen in die Wolken, von ferne brummt es: Flugzeuge kommen.

»Verdammte Soldatenkerle«, sagt Matte.

Als sie weg sind, sagt Heike: »Weil diese Flieger oft über uns rasen, ist kaum noch Vogelgezwitscher, denen hat's die Sprache verschlagen.«

Genauso wie gestern der Resi, denke ich, während wir heimwärts gehen. Als sie mir Milch aus der Josefa gezapft hat, war sie still. Sonst berichtet sie immer von ihrer Schwester Maria, die in Straußlach im Lazarett Soldaten pflegt.

»Resi, warum erzählst du nichts?«, hat Heike gesagt.

Sie gab keine Antwort. Ich habe mich hinter sie gestellt und zog an ihrem langen Zopf. Fuchsig drehte sie sich um: »Lisa, trink deine Milch, quatsch nicht rum und lass mich in Ruh«.

Weiß der Kuckuck, was mit der Resi los ist, ich bin mal lieber ein paar Schritte zu Vroni gegangen, die muhte. Heike und Spitzi kamen schnell zu mir.

Mit einem Knall hat Resi den Holzschemel neben die Zinkwanne gestellt und tobte: »Dieser Teufel. Wir haben den Krieg längst verloren, aber nein, unser großer Führer befiehlt den Soldaten, deutsche Gebäude zu zerstören, damit sie dem Feind nicht in die Hände fallen. In Wahrheit will dieser Hitler nur noch kaputtmachen.«

»Resi, was brüllst du so, man hört dich bis zur Molkerei«, hat Inge an der Stalltüre gesagt.

Ich war so froh, als sie kam.

»Inge, da muss man doch brüllen, sonst platzt man! Wenn ich dem Kerl doch bloß an die Gurgel könnt …«

Resi machte mit den Händen so wie Karin, wenn die den Putzlumpen auswringt. Wir drückten uns aneinander.

»Du hast die Mädchen verschreckt.«

Inge nahm uns in die Arme.

»Herr Schworer war genauso wütend, als er mir vorhin vom »Nero«-Befehl berichtet hat und ist gleich wieder zur Stalltüre raus«, sagte Resi langsam ruhiger und streichelte uns.

»Schätzlein, jetzt ist sie wieder verraucht meine Wut. Wir Weiberleut sind halt manchmal so.«

Da sagte ich: »Das kenn ich von Spitzi, die tobt auch rum, wenn sie wütend ist.«

Alle lachten.

»Du gemeine Petzziege«, hat die gesagt und mir ziemlich auf den Fuß getreten.

Ein Nils-Baby ist da. Kein Lydia-Baby. Blöd. Jungens meinen immer, sie können alles besser als Mädchen. Und überhaupt, wie lange sollen wir noch warten vor dem Elternschlafzimmer? Schließlich haben wir gerade einen langen Spaziergang mit Opa hinter uns.

Als Oma vorhin kurz den Kopf zur Tür rausgestreckt und geflüstert hat: »Der süße Nils ist da, gleich könnt ihr reinkommen«, sagte Heike: »Mist, ein Junge.«

Spitzi ging ganz nahe an die Türe und zischte: »Der Klapperstorch soll ihn sofort umtauschen, ich will eine Lydia.«

Und ich, ich will den Nils gar nicht sehen. Wofür haben wir drei so oft zusammen gebetet: Lieber Gott, bitte lass den Klapperstorch ein Mädchen bringen. Eine kleine Lydia. Auf keinen Fall einen Nils, bitte, bitte. Und jetzt haben wir den Salat. Mit einem Brüderchen.

Vorhin beim Mittagessen hat sich Mama plötzlich zurückgelehnt, mit beiden Händen ihren großen Bauch gehalten und gejapst: »O je, o je, es geht los.«

Ich bin vielleicht erschrocken.

»Was geht los?«, sagte Heike und Spitzi ist vom Stuhl gehopst und zu Mama gesaust.

»Mathilde, schnell, schnell, laufen Sie zur Baronin, sie möchte bitte den Doktor und die Hebamme anrufen«, hat Oma gesagt und zu Opa: »Stefan, geh bitte mit den Kindern spazieren, sofort.«

»Nein, ich bleib bei Mama.« Spitzi stampft mit dem Fuß. Da hat Opa sie einfach hoch gehoben und zu mir gesagt: »Lisa ich geh schon vor, bring du den Mantel von Thea mit. Und jetzt kommt, Mädchen, los, los.«

Als wir auf der matschigen Dorfstraße sind, hakt Heike mich hinter Opa und Spitzi unter und sagt leise: »Vorige Woche habe ich zu Mama gesagt, ›dein Bauch ist so riesig geworden, langt's jetzt nicht für die Babymilch?‹ ›Heike-Schätzchen, weißt du noch, wie dick Josefa war, als sie ihrem Kälbchen Milch gegeben hat? Da musste sie vorher tüchtig Gras fressen, damit ihre Milch reicht. So ist das auch bei uns Frauen, wenn der Klapperstorch ein Baby bringt‹, erklärte sie mir.«

»Heike, Lisa, wo bleibt ihr denn, kommt«, ruft Opa kurz vor der Kirche.

Er nimmt Spitzi huckepack und geht weiter.

»Bum, bum, getroffen!«, brüllt jemand und ein Junge torkelt hinter der Schulhausecke vor, schreit »Aua, auaaaa«, während er an der Wand langsam runtergleitet, dann bewegt er sich nicht mehr.

Ich hab solch einen Schreck und Heike steht auch da wie eine Steinfigur.

Opa hat Spitzi abgesetzt, rennt hin, beugt sich über den Jungen und kitzelt ihn von oben bis unten, bis der nicht mehr lacht, sondern nur noch gurgelt und krächzt: »Aufhören, bitte, bitte, aufhören.«

Inzwischen sind vier Jungens dazugekommen, zwei mit dicken Ästen. Die lachen so übermütig, dass Heike und ich mitlachen müssen.

Opa richtet sich wieder auf.

»Mein Kleiner, das war die Quittung für den Schrecken, den du uns verpasst hast.«

»Aber wir spielen Krieg, das ist nicht verboten«, sagt der Junge, steht auf und stellt sich zu den anderen.

»Bum, bum«, sagt einer, hält seinen Stock wie ein Gewehr auf Opa und der andere sagt: »Los, Sie müssen jetzt umfallen, Hansi hat sie totgeschossen.«

»Muss ich nicht«, sagt Opa, »hab eine kugelsichere Weste.«

Alle starren ihn an.

»Zeigen Sie die mal«, sagt einer.

»Ist nicht erlaubt. Geheimsache. Dürfte ich euch eigentlich nicht verraten. Und jetzt spielt nur weiter Krieg. Kommt Mädchen, wir gehen. Servus, Jungs.«

»Servus, Herr General«, sagt einer, salutiert, die anderen auch.

»Opa, zeig mir bitte diese Weste«, sagt Heike, als wir neben ihm die Dorfstraße runtergehen.

»Ich habe keine an.«

Heike hält die Hände ganz wichtig an die Brillenbügel, während sie hoch zu Opa schaut.

»Du hast also wieder Mal geschwindelt?«

»Ja, im Krieg darf man schwindeln«, sagt er, »man nennt das List.«

»Müssen denn Buben immer Krieg spielen?«, sagt Heike.

»Nicht immer, nur wenn Krieg ist«, sagt Opa und schaut in die Ferne, wie der Indianerhäuptling aus dem Buch von Matte. Der und Wenni spielen jetzt bestimmt Tier- oder Obst-Quartett oder Kissenhopsen ohne uns, weil wir ja mit Opa in diesem ungemütlichen Wetter spazieren gehen müssen.

»Opa, ich will nach Hause.«

»Ja Lisa, wir sind gleich da.«

»Und wo bitte ist jetzt der Klapperstorch?«, sagt Spitzi, als Oma endlich geflüstert hat: »Kommt rein, aber leise, unser Nils-Baby schläft.«

»Der Storch ist weitergeflogen«, sagt Dr. Fluhr, »und ich gehe jetzt auch.«

Die kleine Frau neben ihm schließt ihre große Tasche.

»Ich muss auch weg, komme aber morgen wieder«, sagt sie und schon sind beide zur Tür raus.

Langsam gehe ich zu Mama ans Bett. Sie sieht müde aus. Unser klitzekleines Baby schläft in ihrem Arm. In mir ist Zuckerwatte. So ein knautschiges Brüderlein, fast nackich, Köpfchen und Stirn gerunzelt.

»Der hat ja schon Nägel an den Fingern«, flüstere ich.

Mama lächelt.

»Sind an seinen Füßchen auch schon Nägel?«, flüstert Spitzi.

»Ja freilich, was denkst denn du«, sagt Heike so laut, dass Oma den Finger auf den Mund legt.

Heike küsst vorsichtig das Babyköpfchen, dann ich, Spitzi auch.

Opa nimmt den Arm von Omas Schulter als sie flüstert: »Kinder, Mama und das Baby wollen noch ein bisschen schlafen, lasst mich mit ihnen allein.«

Auf dem Korridor sagt Opa: »Vielleicht wollt ihr jetzt Matte und Wenni vom Brüderchen erzählen? Sie besuchen es erst morgen. Und Papa kommt übermorgen.«

Mein Herz bumpert.

»**Papa**, wann kommst du wieder?«, rufe ich, nachdem er gesagt hat: »Wiedersehen Herzilein.«

Jetzt geht er auf dem schmalen Weg hangabwärts zum Wäldchen.

Ich weiß ja, Papa möchte nicht, dass wir so fragen, weil er immer nur, »bald«, sagen kann in dieser Kriegszeit, wo man sich überhaupt nicht mehr auskennt.

Aber ich rufe trotzdem nochmal: »Papa, wann kommst du wieder?«

Winkend mit beiden Händen dreht er sich um und ruft: »Bald, Lisalein. Und jetzt geh bitte nach Hause.«

Immer ist dieser Eiszapfen in mir, wenn Papa weggeht und ich plumpse auf den Boden, wo ich weinen muss.

Ich stehe auf und werfe meinen linken Gummistiefel hinter Papa her. Der soll das nicht sehen, ist sowieso schon zu weit weg und gleich im Wäldchen verschwunden. Ich darf Papa nur bis hier oben auf den Abhang begleiten, weiter nicht. Aber meinen Stiefel muss ich ja wohl holen, gehe ganz langsam zu ihm und bin so ein bisschen näher bei Papa.

Der linke Socken ist klitschnass. Ich ziehe den Stiefel drüber, dann merkt's niemand. Ganz langsam gehe ich nach Hause, weil ich immer noch weinen muss. Und wenn ich ganz langsam gehe, habe ich bis daheim ausgeweint und keiner sagt mehr »Heulsuse« zu mir.

HERR NEIGE DEINE OHREN UND ERHÖRE MICH, DENN ICH BIN
ELEND UND ARM.

Der Pfarrer faltet die Hände.

Oje, die arme, uralte Frau Schworer weint und ruft: »Nein, nein.
Mein Oskar, nein, wie soll ich denn ohne dich leben. O Gott, o
Gott.«

Ich will auch nicht ohne den lieben Herrn Schworer leben, aber
er liegt da unten und kommt nie wieder. Mein Herz tut weh. Ich
muss weinen.

DENN DU, O HERR, BIST GUT UND GNÄDIG, VON GROSSER GÜTE
ALLEN, DIE DICH ANRUFEN.

Wieso ist unser Herrgott von großer Güte, wenn der arme Herr
Schworer da unten im Sarg liegt?

»Totgeschossen von einem Tiefflieger, als er mit dem Fahrrad
nach Straußlach gefahren ist, um seine alte Mutter zu besuchen«,
hat Mathilde weinend auf dem Küchenstuhl gesagt.

»Die arme alte Frau Schworer, schon ihr Mann vor drei Jahren
gestorben, jetzt ist sie ganz allein«, sagt Karin und weint so sehr,
dass Spitzi, Heike und ich auch weinen.

VATER UNSER, DER DU BIST IM HIMMEL ...

Der Pfarrer betet und alle murmeln mit.

Heike, Spitzi, ich und die Buben haben die Hände gefaltet,
schauen auf den Boden und Frau Schworer wimmert in ganz hohem Ton. Zwei Männer stützen sie.

Der Pfarrer nimmt die kleine Schaufel und lässt Erde auf den
Sarg poltern. Dann legt er die Schaufel Frau Schworer in die
Hände. Sie lässt auch Erde auf den Sarg fallen, dabei entgleitet ihr
die Schaufel. Wie erstarrt steht sie da, streift ihre Kette über den
Kopf und wirft sie auf den Sarg. Ein Mann hält sie schnell an den
Schultern fest, es sah beinahe so aus, als wollte sie auch ins Grab.
Behutsam führen zwei Frauen sie auf die Bank vor der Kirche, sie
weint und weint.

»Kommt Kinder«, flüstert Mathilde und nimmt uns an der
Hand.

Wir gehen zur Familiengruft der Barone Aufburg, wo die Erwachsenen schon auf uns warten.

Tante Elwina hat für ihr Baby Yvonne ein Frühlingskränzlein
hingelegt.

»Ob's euch passt oder nicht, ist mir piepsegal«, sagt Matte auf dem Traktorsitz. »Ich jedenfalls werde die ›Observierung Karin‹ auch ohne euch durchziehen.«

Wütend knarzt das Lagerhaustor, weil sich der Aprilsturm heulend auf ihm rumtreibt.

»Also Matte«, sagt Heike, »der Jockel ist ein sehr lieber, freundlicher Mann. Genau wie sein Vater, der lustige Löwen-Wirt. Außerdem hat doch der Feind dem Jockel einen Arm weggeschossen. Wieso sollte er die Karin verprügeln?«

»Weil der Jockel bestimmt im Krieg verrückt geworden ist. ›Im Krieg dreht wohl mancher durch‹, hat der Studienrat Möller zu einem Kollegen gesagt«, schreit Matte.

»Brüll nicht so, wir sind nicht taub«, sagt Wenni und tritt gegen den Traktorreifen.

»Aber blöd, weil ihr die Karin nicht beschützen wollt, gemeinsam können wir den Jockel überführen.«

Heike klettert die Traktorstufen hoch und sagt: »Gib dein Ehrenwort und schwöre, dass du gehört hast, wie der Jockel die Karin verprügelte.«

Heike und Matte steigen runter, er stellt sich grade vor uns auf: »Ich schwöre, das ist die Wahrheit und gebe mein Ehrenwort.«

»Ich mache mit«, sagt Heike, schaut uns wichtig an und alle sagen: »Ich auch.«

»Prima, dann besprechen wir jetzt, auf welchem Platz jeder stationiert wird. Wartet mal.«

Matte holt aus dem Werkzeugkasten Kreide, zeichnet ein riesiges Viereck auf den Steinboden und sagt: »Jetzt passt sehr gut auf. Der Plan ist folgender …«

»Pssst, pssst«, zischt Wenni.

Erst als wir aus dem Gesindehaus rausgeschlichen sind und aufgeregt unterm alten Baum auf dem Hof stehen, während die Turmuhr fünf Mal schlägt, sagt Matte mit funkelnden Augen: »Und ihr wolltet mir nicht glauben. Jetzt habt ihr es selber gehört: Der Jockel ist ein gemeiner Bösewicht. Am besten ihr Mädchen geht sofort zu eurer Mutter oder den Großeltern, Wenni und ich zu unseren Eltern, damit man den gefährlichen Jockel dingfest machen kann.«

»Was heißt dingfest?«, rufe ich Matte nach, als er mit Wenni losrennt.

Aber er hört mich nicht.

»Was soll dieser Wirbel, redet nicht alle gleichzeitig, verschnauft euch und dann, Heike, erzähl du bitte, was los ist«, sagt Opa im Großelternsalon, als wir die Türe aufstoßen, durchs Zimmer rennen und zu Oma auf die Chaiselonge gesprungen sind.

»Der Jockel ist ein gemeiner Bösewicht zu Karin!«, sagt Heike.

Oma sagt: »Wie bitte?«

Und Opa: »Was soll der Jockel sein?«

»Matte meint, der Jockel ist plemplem«, sagt Spitzi.

»Kinder, was ist denn in euch gefahren?«, sagt Opa und trommelt mit den Fingern auf dem Schachtisch.

Oma schiebt Dame, Turm, Läufer und Bauern vorsichtig zur Seite, lächelt.

»Stefan mir schwant etwas.«

Verdutzt schaut Opa sie an.

»Ja? Was denn, Gabinka?«

»Lass mich mal machen«, sagt sie und zwinkert.

Opa lehnt sich gemütlich im Sessel zurück.

»So, Heikelein, wenn du magst, erzähl jetzt, warum der liebe, freundliche Jockel ein Bösewicht sein soll.«

Heike hopst vom Sofa, stellt sich, wie üblich wenn sie was berichten soll, protzig hin. »Matte hat das behauptet. Wenni, Lisa, Spitzi und ich glaubten ihm nicht. Aber er hat geschworen und deshalb haben wir seinen Plan zur Bewachung von Karin befolgt, weil, wie Matte sagt, der Jockel im Krieg wahrscheinlich verrückt geworden ist.

Eine Woche lang haben wir Jockel beobachtet. Immer ist er um die Karin rumgeschwirrt. Wenn sie zum Beispiel im Stall bei Resi Kuhmilch holt, aus der Molkerei Quark, Küchenkräuter oder was sie sonst noch so alles herbeischafft.

Und Karin ist ganz anders mit Jockel als zu uns. Ihre Stimme klingt komisch, so wackelig. Und wie sie auf den Boden schaut und kiekst, wenn der Jockel ihr was ins Ohr flüstert, ihn aber wegschubst, wenn er seinen Arm um ihre Hüfte legt. Wobei dann ihr Atem so schnell geht wie ihr Busen vor und zurück.

Grade eben sind die beiden im Gesindehaus verschwunden. Wir, auf Mattes Zeichen hinterher, sind vor Karins Zimmertüre stehen geblieben und was wir da gehört haben, Omi, das war fürchterlich. Erst flüstert der Jockel ganz aufgeregt und Karin stottert. Das geht aber nicht lang so. Gleich darauf hören wir ein Gerangel wie beim Ringkampf der Buben. Für den Jockel ist das anstrengend, klar, mit nur einem Arm und deshalb schnaubt und ächzt er wie sonst was und die Karin wehrt sich tapfer gegen seinen gemeinen Angriff, was man an ihren Weglaufschritten im Zimmer hört. Der Jockel ihr nach, dann plumpsen sie aufs Bett und zum Schluss schnauft er so wie der Seelöwe im Tierpark in München und Karin japst und quietscht immer mehr, bis sie dann auch noch geschrien hat und wir vor lauter Angst die Treppe runter zum alten Baum gerannt sind.«

Heike ist sehr aufgeregt, setzt sich neben Omas Beine und schmiegt sich an.

Opa hat Oma die ganze Zeit über so angeschaut wie ich's noch nie gesehen habe und Oma schaut genauso verschwommen zurück.

Schritte nähern sich von der Treppe und dann steht Mama mit Nilsi im Arm auf der Türschwelle, guckt in die Runde und sagt: »Was ist denn hier los?«

Als keiner antwortet, geht sie zum gestreiften Sessel und setzt sich. Nilsi schläft weiter.

»Scheint ja was Lustiges passiert zu sein, eurem Lächeln nach«, sagt sie zu Oma und Opa.

»Na ja, wie man's nimmt«, feixt Opa, steht auf und sagt: »Ich lass euch Weiberleut jetzt mal lieber allein. Wollte mir sowieso die Beine vertreten, nach dem langen Schachspiel.«

Wieder schaut er Oma verschwommen an, als er an ihr vorbei zur Tür stolziert. Oma geht zu Mama und flüstert ihr einiges ins Ohr.

»Tuscheln giltet nicht«, sagt Spitzi.

»Hast vollkommen Recht, ich hör schon auf«.

Oma setzt sich wieder aufs Sofa zu uns.

Mama kräuselt die Stirne, guckt Oma an, die zuckt die Schultern, schaut an die Decke, als sucht sie dort was, und ich sage: »Also wir müssen jetzt den Jockel dingfest machen.«

»Aha«, sagt Oma, schaut Mama an, die sagt auch »Aha«, und sonst gar nichts.

Plötzlich sprühen Omas Augen als ob gleich Blitze rauskommen. »Die Jaaapaaner«, sagt sie laut.

»Wie, die Japaner?«, sagt Mama.

»Aber Marga, du weißt doch, die Japaner toben und schreien beim Judo oder Jiu-Jitsu, dem japanischen Ringkampf.«

Oma zwinkert und zwinkert.

Mama starrt sie an, dann macht sie plötzlich den Mund weit auf: »Aaach jaaa, die Jaapaaaner«, wobei Nilsi knatscht, aber gleich wieder einschläft.

»Bitte erzähl du den Kindern von den Japanern, ich gehe wieder hoch, muss Windeln wechseln, der Nilsi stinkt. Außerdem«, jetzt zwinkert Mama zu Oma, »muss ich sofort Max und Elwina besuchen, du weißt schon, wegen dem japanischen Ringkampf, damit sie Matte und Wenni von unserem großartigen Judokämpfer Jockel erzählen, nicht wahr?«

───────────

»Das Fallenlassen und die Purzelbäume beim Wegrollen klappen ja schon prima«, sagt Jockel in der Scheune.

Onkel Max ist schon wieder weg, hat nur kurz den Jockel angegrinst, uns zugeschaut und geklatscht.

Jockel sagt laut: »Matte, leg dich auf den Rücken, gut so. Und Lisa, stell dich über Matte, deine Füße seitlich von ihm und neige dich weit vor, gut so. Matte, du hältst jetzt Lisas Schultern fest, ziehst die Beine an und setzt deine Füße vorsichtig an ihren Bauch. Halte Lisa ganz fest an den Schultern, streck Arme und Beine langsam nach oben. Seht ihr, Lisa liegt jetzt ganz flach über ihm in der Luft. Und jetzt Matte, schiebst du Lisa mit Händen und Füßen langsam und vorsichtig über deinen Kopf. Warte, warte, noch nicht. Lisa, zieh dabei den Kopf ein und roll mit Purzelbaum davon. So – und los.«

Matte ächzt und ich komme auf dem Hinterkopf an, rolle weg, das war vielleicht schön!

Heike, Wenni und Spitzi klatschen.

»Habt ihr prima gemacht«, sagt Jockel, »und jetzt ist für heute Schluss mit Judo.«

Er blättert in seinem japanischen Büchlein, das Onkel Max ihm geliehen hat, zeigt uns dort einen Mann, der gewaltig austritt und sagt: »Das nächste Mal üben wir den Seit-Fuß-Stoß. Und vergesst bitte nicht euer Ehrenwort, dass ihr nur Judo übt, wenn ich dabei bin. Auf keinen Fall alleine.«

Wir schütteln die Köpfe.

Die Heike tut nur so, als ob sie schläft. In Wahrheit lauert sie. Die weiß genau, dass ich bei Vollmond nicht schlafen kann.

Ich warte am Fenster, ob er doch mal endlich nickt. Und schau, ob der freundliche Riese wieder im Baum ist.

Bitte, da haben wir's: Schon ist Heike hergeschlichen, stupst mich, dass ich erschrecke und spricht wie ihre strenge Frau Lehrerin Neudeck: »Lisa, was sehen wir denn da? Etwa einen Riesen im Baum? Sowas ist verboten.«

»Blöde Ziege«, sage ich und gehe wieder ins Bett, Heike auch. Spitzi hat nichts mitgekriegt, sie schläft.

Ich ziehe die Decke über den Kopf und verkrieche mich. Der Riese könnte uns vor dem Feind beschützen. Dann sind die Erwachsenen wieder so lieb wie früher. Und Opa hockt nicht dauernd vorm Radio und wartet auf seinen Wehrmachtsbericht. Heute ist erst kein Muckser aus dem Kasten gekommen.

»Herrgottnochmal.«

Opa hat geschimpft und an den Knöpfen gedreht, aber nur Worte von ganz weit her oder Rauschen und plötzlich dieser hoher Ton, der abscheulich in die Ohren sticht.

»Na endlich habe ich den englischen Sender erwischt«, sagt er.

Er hat nicht einmal gemerkt, dass ich einen Gänseblümchenkranz trage, lauscht nur und lauscht. Ich will grade wieder gehen, als Opa aufspringt, die Faust auf den Tisch knallt und schreit: »Endlich ist der Saukerl hin!«

Ich bin vielleicht zusammengefahren.

Er rennt an mir vorbei, ruft auf der Treppe: »Gabinka, Marga, wo seid ihr?«, und stürmt die Stufen zu Mamas Wohnung hoch.

Ich höre sie rufen: »Was ist denn passiert um Himmels willen?«

»Stefan, beruhige dich, schrei nicht so, der Nilsi schläft, komm rein«, sagt Oma.

»Nein, ich laufe zu Max und Elwina. Der Hitler hat sich in der Reichskanzlei erschossen, hab's grade im Radio gehört.«

»O mein Gott, jetzt werden die Amis bald hierher kommen«, sagt Oma, während Opa die Treppe runterläuft.

Und ab da waren die Erwachsenen den ganzen Tag über nur noch aufgeregt.

»Jetzt nicht, später«, haben sie immer gesagt, wenn wir Kinder fragen wollten, was denn los ist.

Da sind wir abgehauen in den Kuhstall.

Matte meinte: »Bald kommen die Ami-Feinde hierher und nehmen uns gefangen.«

»Oder erschießen uns«, flüsterte Wenni.

Ich hab weinen müssen, die anderen auch.

Jetzt schleiche ich nochmal ans Fenster, aber der Riese ist nicht im Baum. Vielleicht morgen. Dann bitte ich ihn sehr, sehr, er soll uns vor den Ami-Feinden beschützen.

Vier

Sie haben die Alte Mühle hinter sich gelassen, biegen ab in die Dorfstraße, müssen bald im Schloss sein, hat mir der Bürgermeister eben durchtelefoniert«, sagt Onkel Max aufgeregt im Vorbeigehen.

Er öffnet das Hoftor und kommt vor die Molkerei, wo Oma, Opa, Heike, Spitzi und ich schon ordentlich gekleidet stehen. Nur Mama trägt ein schlabbriges, buntes Kittelkleid, wie die Bäuerinnen auf dem Feld.

Heike, Spitzi und ich schauen uns an, sagen aber nichts, doch Nilsi plärrt auf ihrem Arm. Die blonden Locken hat Mama ratzekahl abgeschnitten, wie ein Stoppelfeld sieht das aus.

»Waren Läuse drin«, sagt sie, als wir Kinder sie sprachlos anstarren.

Matte und Wenni wären jetzt bestimmt auch gespannt, wie die Amis wohl aussehen, aber sie sind nicht da. Als Opa mit der Faust auf den Tisch gehauen hat und alle Erwachsenen immer wieder sagten, »o mein Gott, der Hitler hat sich umgebracht«, noch an diesem Tag sind Tante Elwina, Wenni und Matte mit dem Auto zu Onkel Justus und Onkel Ferdinand in die Agnes-Bernauer-Burg gefahren, wo schon die Tante Agnes aus Berlin mit ihren beiden Kindern und ihrem Mann wartete.

Mathilde, Karin, Jockel, Resi und Inge sind zu ihren Familien gelaufen.

So viele Amis kommen durch das Tor! Lastwagen voller Soldaten. Motorräder und Jeeps. Einer hält vor uns. Zwei Amis springen raus und winken der Kolonne zu, weiter in den Hof zu fahren.

Wie schön die beiden in ihren Uniformen sind.

»Hello, hello Kinder«, sagt der eine, spricht das aber so komisch aus, dass ich lachen muss. Spitzi stellt sich vor ihm auf die Zehenspitzen und sagt: »Ich heiße Thea und du?«

Der Soldat fragt was in Ami-Sprache und Onkel Max antwortet was in Ami-Sprache, dann sagt der Soldat wieder so komisch: »Mein Name ist Charly«, hockt sich runter und verstrubbelt lächelnd Spitzis Haare. Die umarmt ihn, macht aber sofort paar Schritte zurück und hält sich die Nase zu. Der Ami lacht, der andere auch. Dann sagt er zu Onkel Max was in Ami-Sprache, der lacht und sagt zu uns: »Charly meint, er weiß, dass er stinkt von der langen Fahrt und muss duschen.«

Spitzi nickt.

Der andere Soldat geht zum Jeep, kommt zurück, sagt: »Cadbury für Kinder« und hält uns eine dicke Schokolade hin, die sich Heike schnappt. Sie ist immer die schnellste, sieht ja auch am besten mit ihrer Brille.

Jetzt reden beide Soldaten mit Onkel Max in Ami-Sprache, der nickt und sagt zu uns: »Geht bitte in eure Zimmer, ich zeige den Offizieren die Quartiermöglichkeiten im Schloss.«

»Ach herrjemineh, da werden wir wohl ausziehen müssen«, flüstert Oma auf dem Weg über den Hof und Opa sagt: »Aber Gabinka, das war vorauszusehen.«

»Ich will nicht ausziehen. Die Amis schenken uns Schokolade, haben viele Autos und Motorräder, bestimmt fahren sie mit uns auf dem Schlosshof rum.«

»Lisa, keiner von uns will hier weg, aber die Amis haben den Krieg gewonnen, deswegen dürfen sie im Schloss wohnen und wir müssen raus«, sagt Mama und schaukelt den quengelnden Nils.

»Ja«, sagt Heike, »dafür nehmen sie uns nicht gefangen, wie Matte gemeint hat.«

»Und totschießen auch nicht«, sagt Spitzi.

»Fährt Onkel Max dann gleich zu Matte und Wenni auf die Bernauer-Burg?«

»Nein Lisa, das glaube ich nicht. Als Schlossherr wird er den Amis zur Verfügung stehen müssen«, sagt Opa.

»Der hat's aber gut«, sagt Spitzi.

Oma seufzt.

»Wir sind hier verschont worden vom Krieg, dafür kann man Gott nicht genug danken«, sagt der Bürgermeister.

Herr Schweiger nickt, während er uns die Haustür aufhält.

In der Diele wartet Frau Schweiger.

»Dies ist also jetzt Ihre Wohnung, wie es der Herr Bürgermeister bestimmt hat«, sagt Herr Schweiger muffig.

»Aber Herr Schweiger, doch nur vorübergehend. Sie haben keine Kinder und im ersten Stock ist noch genug Platz für Sie beide, nicht wahr, Frau Schweiger?«, sagt der Bürgermeister.

Aber Frau Schweiger ist schon ganz oben auf der Treppe.

»Wir haben nicht 26 Jahre im Laden geschuftet, um dann unser Haus mit einer wildfremden Familie teilen zu müssen, das verstehen Sie doch, werter Herr Bürgermeister. Aber dennoch willkommen bei uns, Familie Nauhof«, sagt Herr Schweiger mit einem Gesicht wie Spitzi, wenn sie an einer Zitrone geleckt hat.

Als der auch die Treppe hoch weg ist, flüstert Opa: »Es kann der gute Nachbar nicht in Frieden leben, wenn es dem bösen Nachbarn nicht gefällt.«

Der Bürgermeister kratzt sich hinterm Ohr.

Jetzt friert Mama im Winter bestimmt, denke ich, als sie Herrn Müller ihren Silberfuchsmantel gibt.

Der Schreiner hält ihn hoch. »Den wird meine Maria aber sehr stolz tragen.«

Kaum ist er zur Tür raus, feixt Opa, hebt einen Stuhl hoch, stützt sich auf den runden Tisch, öffnet die Schranktür, klopft gegen Regale und sagt schließlich: »Alles hochvorzüglich gezimmert, handfest, stabil und stinklangweilig. Also Marga, wenn ich da an deinen soeben entschwundenen, eleganten Pelzmantel denke …«

»Stefan, du bist abscheulich«, lächelt Oma.

»Finde ich auch. Immerhin hat Herr Müller mit seinem Gesellen unsere drei Zimmer in nur zehn Tagen fertig gekriegt. Dazu noch den Küchentisch und ein Gitterbettchen, was willst du mehr?«, sagt Mama und lässt Nilsi auf dem Boden krabbeln.

»Kommt mit«, sagt Heike.

Wir gehen ins Kinderzimmer und legen uns vorsichtig aufs Dreierbett.

»Hüpft hier nicht rum, sonst kommt das Stroh durch und sticht euch«, hat Mama gesagt.

»Schade«, sagt Heike, »es gibt nicht mal mehr ordentliche Matratzen, obwohl der Krieg aus ist.«

Tagelang haben wir immer wieder gefragt: »Mama, wann kommt Papa, wann?«

Jetzt, auf dem Hamsterweg zum Förstl-Bauern, wo Mama Butter und Käse kriegt für ihren seidenen Schlafanzug und die Bäuerin uns Mädchen dicke Butterbrote schmiert, da sagt Mama plötzlich: »Die Amis halten Papa gefangen.«

»Nein, Mama du lügst schon wieder, die Amis sind lieb«, sagt Spitzi. »Sie werfen aus Lastwagen Kekse und Schokolade oder diesen Kaugummi ... also die Amis fangen niemanden.«

»Manchmal schon. Drei Kollegen von Papa haben sie auch eingesperrt«, seufzt Mama. »Schaut mal, ihr wisst doch, Papa und seine Kollegen sind Wissenschaftler. Und die Amis meinen, sie hätten da was falsch gemacht im Labor und ... und ... also, chemische Experimente ... Ja, wie soll ich sagen ... mit Tabletten ... Also Kinder, das versteht ihr noch nicht, das erklär ich euch später. Jedenfalls sind Papa und die Kollegen unschuldig, aber die Amis wollen alles genau prüfen. Das dauert eben in diesen Nachkriegswirren. Zuerst waren die vier Männer im Gefängnis in München. Jetzt ist Papa aber schon im Straußlacher Gefängnis. Das ist immerhin viel näher bei uns.«

»Geht es Papa gut?«, sage ich bang.

»Ja, du weißt doch, wie freundlich die meisten Amis sind. Papa darf nur nicht nach Hause, ehe sie erkennen, dass er keinen Fehler gemacht hat. Und seine Kollegen auch nicht.«

»Hoffentlich bald«, sagt Heike. »Dann spielen wir wieder mit ihm Mogel-Mensch-ärgere-dich-nicht.«

Mama lächelt: »Papa darf schreiben. Gestern habe ich den ersten Brief gekriegt.«

»Und, und, was steht drin?«, Spitzi hüpft aufgeregt.

»Dass er immer an seine Pinsel denkt und sie sehr lieb hat«, sagt Mama, guckt uns aber nicht an, sondern nach links über das Feld. Sie schnieft und sagt: »O meine Nase juckt«, und schubst sie hin und her.

»**Kinder**, wenn ihr Lust habt, geht zum Schanzelweiher, es ist schon August, lange könnt ihr nicht mehr baden«, sagt Mama.

Wir sausen los.

»Fangt mich, fangt mich doch«, ruft Heike und schwimmt davon zu Peter, Marie und Jobst, die sie herbei gewunken haben.

Spitzi streckt die Zunge raus und sagt: »Immer macht die blöde Ziege das, wo sie genau weiß, dass ich nicht schwimmen kann. Dafür tauchen wir sie nachher zu zweit, ja Lisa? Dann wird ihre Brille nass und sie ärgert sich fürchterlich.«

»Ach Quatsch, wir können eben besser Handstand«, sage ich, tauche und strecke meine Beine aus dem Wasser, Spitzi auch. Als wir wieder hochkommen sind unsere Arme schlammig bis zu den Ellbogen, sieht aus wie Handschuhe. Wir halten sie in die Luft, waten durch den Schlamm und dreschen dann vergnügt aufs schmuddelige Wasser.

Jobst schreit: »Schaut, da steht der Hatschenu.«

Ich drehe mich um.

»Hatschenu«, rufe ich, »wir kommen.«

Fröhlich winkt er mit den Armen und alle waten ans Ufer. Pitschnass stehen wir neben Hatschenu, den die Bauernkinder heimlich ›Depperl‹ nennen. Hinter seinem Rücken äffen sie ihn nach mit schiefem Kopf und geöffnetem Mund. Obwohl er mit 15 Jahren schon so groß und noch ein ganz lieber Bub ist.

Jetzt schaut er aufs Wasser und sagt: »Wer will heute fragen?«

Er guckt uns an, lächelt, klatscht, zeigt auf Peter und sagt: »Du darfst.«

»Also Hatschenu, wie spät ist es?«, sagt Peter und grinst breit.

Hatschenu geht langsam ins Wasser, bei ihm reicht es nur bis zum Bauch, zieht seine Badehose aus, hält sie hoch, beugt sich vornüber, streckt uns den nackten Popo entgegen, taucht wieder auf, schwenkt die Badehose und sagt: »Auf meiner Arschuhr war es drei viertel zwölf, nicht wahr?«

Wir jubeln: »Ja, ja, ja.«

Er lacht, zieht seine Hose wieder an, stellt sich breitbeinig hin und sagt in einem fort: »Hatschebumma, Hatschenu«, wobei er abwechselnd mit den Zeigefingern gegen seine weit abstehenden Ohren tippt.

Wir klatschen, lachen und springen zu ihm. Sofort beginnt eine Wasserschlacht mit Anspritzen, Tauchen und Beinewegziehen, bis wir am Ufer ermattet ins Gras sinken.

»**Papa**, ach verflixt, Junker Frühling, meine ich, wie machst du den Süßstoff für die Amis?«, sagt Heike.

Wir marschieren mit ihm im Stockdunkeln zum Schanzelweiher, wo er sich bestimmt gleich wie immer eine Zigarette anzünden wird. Papa, ach Mist, ich meine Junker Frühling, trägt Opas Hut und Anzug, damit ihn niemand erkennt. Deshalb gehen wir auch immer erst mit ihm raus, wenn es schon dunkel ist.

»Meine Pinselchen, nennt mich bitte ab sofort Junker Frühling, auf keinen Fall mehr Papa, damit, wenn ihr euch mal doch verplappert, keiner weiß, dass ich hier war. Ich habe das den Amis versprochen, weil sie mich offiziell nicht beurlauben dürfen. Aber sie erlauben mir, meine Familie heimlich zu besuchen, weil ich für sie Süßstoff mache«, hat Papa gesagt.

Ich meinte, jetzt träume ich, als er das erste Mal spätabends ins Kinderzimmer geschlichen kommt und sagt: »Pssst, nicht toben, sonst hören uns die Schweigers.«

Dann knipst er das Nachttischlämpchen an, hockt sich auf den Bettrand und wir umarmen ihn und zupfen Ohrläppchen.

Er lacht leise und Tränen kullern, dass es salzig schmeckt, als ich ihm ein Küsschen gebe.

»Papa, warum weinst du?«, sage ich erschrocken und auch Heike und Spitzi lassen ihn los.

»Freudentränen, Herzilein«, sagt er und wischt sich mit dem Handrücken übers Gesicht.

Heike flüstert: »Ich hab immer gedacht, Männer haben keine Tränen.«

Papa lächelt und steht auf. »Also wie heiße ich jetzt?«

»Junker Frühling«, flüstern wir zusammen.

»Hochvorzüglich, meine Pinsel. Jetzt schlaft wieder ein und morgen erzähle ich euch alles. Verstandibus?«

Beim Frühstück haben wir tüchtig »Junker Frühling« eingeübt und er berichtet, wie freundlich die meisten Amis sind.

»Jetzt erzähle ich euch, wie schlau mein Anwalt Linzberger ist«, sagte er …

Am Schanzelweiherufer glüht die Zigarette von Junker Frühling auf in der Nacht, als er daran zieht.

»Also Heike«, flüstert er, »während ich Süßstoff mache, dampft der Raum von der Hitze in den Töpfen. Ich muss oft an die frische Luft, mehr kann ich dir nicht erklären, bist noch zu jung. Und jetzt lasst uns schweigen, sonst hört uns vielleicht noch wer. Gehen wir zurück zur Mama.«

Auf dem Heimweg nimmt Thea seine Hand und flüstert: »Junker Frühling, wenn ich so alt bin wie du, erklärst du mir so richtig, wie du Süßstoff machst, verstandibus?«

»Verstandibus«, sagt er.

Die Bauernkinder sind hundsgemein. Im Schanzelweiher genauso wie beim Häuselhupfen und ganz besonders beim Schussern. Ausgerechnet Jobst, der Sohn vom reichsten Bauern, versucht immer, einen zu klauen.

Aber Heike merkt es jedes Mal: »Rück sofort unseren Schusser wieder raus!«

Der Jobst grinst fies: »Ach, ich weiß gar nicht, wie der in meine Hosentasche gekullert ist …«

Und die Bemmerl Rosi hat das letzte Mal gesagt: »Zu fressen habt ihr feinen Kinder nichts, müsst bei uns Bauern betteln, aber viele bunte Schusser haben die Flüchtlingsziegen, gell Jobst?«

»Wir betteln nicht, wir hamstern. Wir tauschen schöne Kleider von Mama und Oma gegen Essen ein«, sagte Heike.

Da guckte die Bemmerl Rosi ganz böse und gibt mir nicht wie sonst ihren Apfelbutzen zum Aufessen, sondern schleuderte ihn in den Dorfbach.

Jedenfalls sagt nun schon wieder einer, diesmal der Peter: »Ja, ja die Lili und ihre Mama müssen auch bei uns Bauern betteln, brauchen aber nicht viel zu essen, weil die kleine Lili bestimmt nicht mehr wächst.«

Alle lachen so eklig, dass ich nicht mitlachen kann.

»Erzählt uns endlich mal, warum ihr ewig von der kleinen Lili redet und wer das ist« ,sagt Heike.

Jobst grinst. »Also gut, aber nur, wenn ihr mir den grünen Schusser gebt.«

Heike schaut Spitzi und mich an, wir nicken, sie holt ihn aus unserem Schusserbeutel und gibt ihn Jobst. Der sagt: »Die Lili wohnt mit ihrer Mama bei dem Flüchtlingsgschwerl neben der Neue-Schloss-Ruine. Ihre Mama ist Frau Reiser, Lili ist Fräulein Reiser.«

»Warum nennt ihr sie dann Lili?«, sagt Spitzi.

»Das werdet ihr schon sehen«, sagt Jobst und die andern gucken auch gemein.

Er ruft uns nach, während wir zur Neue-Schloss-Ruine aufbrechen: »Mein Vater hat erzählt, beim letzten Stammtisch meinte der dicke Wiesn-Bauer, die Lili ist dem Hitler gerade noch entwischt.«

Der zerschossene Bus steht noch immer auf der Straße.

»Komm her, trödel nicht, wir müssen um sechs Uhr zum

Abendessen zurück sein«, ruft Heike zu Spitzi, die von der Bustür weg zu uns rennt.

Nach der Kurve sehen wir das Neue Schloss und bleiben stehen.

»Grässlich, kein Turm mehr da«, sagt Heike.

»Nur noch verkohlte Mauern, sonst überhaupt nichts mehr da«, sage ich.

Stumm gehen wir die schmale Straße hoch, links liegt das Maisfeld und rechts wachsen verwilderte Sträucher hinter dem Drahtzaun.

Das Schloss-Portal ist weg, nur Mauerstücke sind übrig geblieben, nicht viel höher als das verfilzte Unkrautgestrüpp drum rum. Langsam gehen wir an Ruinen mit glaslosen Fenstern entlang zu drei verwitterten Hütten.

»Was wollt ihr denn hier?«, sagt ein Mädchen, das hinter Bäumen mit anderen Kindern hervorkommt.

Wir schauen uns überrascht an.

»Warum habt ihr euch versteckt?«, sagt Heike.

»Aus Spaß, wir beobachten euch schon eine Weile. Also was macht ihr hier?«, sagt ein Junge.

»Wir wollen die Lili besuchen«, sagt Heike.

Der Junge spuckt ihr ins Gesicht und sagt: »Pfui Deifel, schäm dich.«

Heike wischt sich die Backe ab und sagt: »Du Schwein.«

Ein anderer Junge stellt sich ganz nah vor uns auf: »Besser ihr haut sofort ab.«

»Nein«, schreit Thea und stampft.

Der Junge macht einen Schritt zurück.

Die zweite Hüttentür wird aufgestoßen und eine Frau ruft: »Was ist denn hier los?«

Das größte Mädchen deutet auf Heike.

»Diese Mistkuh hat ›Lili‹ gesagt.«

Die junge Frau trocknet ihre Hände am Schürzenkleid und sagt: »Seid ihr Schwestern?«

Wir nicken.

»Und wo wohnt ihr?«

»Bei Schweigers«, sage ich.

»Aha, sind das Bauern?«

»Nein, die haben den Krämer-Laden«, sagt Heike.

»So so. Wohnt ihr schon lange da?«

»Nein, vorher auf dem Schloss, aber da sind jetzt die Amis drin, weil sie den Krieg gewonnen haben«, sagt Spitzi.

»Aha. Aber wir dürfen trotzdem bei einem Schloss wohnen, das heißt genauer gesagt, hat der Bürgermeister diese Baracken für uns aufstellen lassen, weil das Schloss kaputt ist«, sagt die Frau und lächelt.

Inzwischen sind noch drei weitere Frauen hergekommen, in Blümchenkleidern und Holzschuhen. Wie eine Haube haben sie ihre dicken Zöpfe geflochten. Sieht aus wie draufgepappt.

»Warum wohnt ihr hier?«, sage ich.

»Wegen dem Krieg, wir sind Flüchtlinge aus Schlesien«, sagt eine Frau.

»Ist das weiter weg als München?«, sagt Heike.

»Viel, viel weiter. Seid ihr in München zu Hause?«

»Ja, wir sind auch wegen dem Krieg hier«, sage ich.

»So. Und wer hat euch von Fräulein Reiser erzählt, die ihr ›Lili‹ nennt?«

»Bauernkinder, immer wieder«, sagt Spitzi.

Die Frau dreht sich zu den anderen Kindern.

»Da hört ihr's, diese Mädchen kennen Fräulein Reiser nicht. Sie sagen nur ›Lili‹ wegen den Bauernlümmeln.«

Die Kinder nicken und flüstern.

»Tuscheln giltet nicht«, sagt Spitzi.

Die Frau lächelt und sagt zu den Kindern: »Jetzt seid mal still.«

Dann wendet sie sich wieder zu uns: »Wisst ihr, was ein Liliputaner ist?«

»Na ja, ein Auto vielleicht«, sagt Spitzi, »so ein angemalter Lastwagen von den Amis?«

»Nein«, lächelt die Frau wieder.

Und dann sagt sie mit ernstem Gesicht: »Jetzt erkläre ich euch, warum es von den Bauernkindern hässlich ist, Fräulein Reiser ›Lili‹ zu nennen: Liliputaner nennt man Frauen oder Männer, die ganz arm dran sind, weil sie nur halb so groß wachsen wie andere Menschen, und deshalb oft ausgelacht werden.«

»Warum wachsen die nicht weiter?«, sage ich.

»Das kann ich nicht erklären, es ist eben ein Unglück, so wie jemand zum Beispiel blind ist. Fräulein Reiser ist so eine arme Li-

liputanerin. Deshalb finden wir es abscheulich, wenn die Bauernkinder sie verspotten, indem sie ›Lili‹ hinter ihr herrufen. Versteht ihr, das tut doch dem Fräulein Reiser weh.«

»Ja, zu uns sind die Bauernkinder auch widerlich. Sie klauen Schusser, stellen Beinchen, essen ihre dicken Butterbrote, ohne uns abbeißen zu lassen, gießen aus der Bierflasche Jauche über mich«, schimpft Heike.

Spitzi und ich haben immer »Jawohl« dazwischen gesagt.

Eine Frau nestelt an ihrer Zopffrisur und sagt: »Immerhin erlauben uns die Bauern zu hamstern, das ist nicht überall im Lande so. Also Mädchen, wenn ihr zu Fräulein Reiser und ihrer Mutter wollt, geht diesen Weg weiter nach oben, danach links den Pfad an den Tannen vorbei, ihr seht dann schon die Einzelbaracke. Klopft an die Türe und sagt einen schönen Gruß von den Schlesiern.

»Danke«, sagt Heike.

Als wir gehen, sagt der große Junge: »Das Anspucken vorhin war ziemlicher Mist von mir. Tut mir Leid.«

»Ja«, sagt Heike empört.

Puh, mir ist plötzlich flau. Ich lehne mich an die dicke Tanne, es rumort wie sonst was im Bauch. Ach du lieber Gott, grad noch die Unterhose runter gekriegt, schon saust ein Durchfall aus mir.

»Lisa, du bist ja weiß wie eine Gans«, sagt Heike und zu Spitzi: »Schnell, pack sie am anderen Arm, sonst fällt sie gleich in ihre Kacke.«

Spitzi hält die Nase so hoch es geht und sagt: »Iiiii, du stinkst ja noch mehr als Nilsi.«

Ich drücke mich in der Hocke gegen den Baum und atme tief durch.

»Warte Lisa.«

Heike kommt mit zwei großen Strauchblättern zurück und sagt: »Hier, putz ab.«

Danach ziehe ich die Unterhose hoch, steh auf, atme nochmal tief durch und alles ist vorbei.

»Geht's dir wieder gut?«, sagt Heike und ich nicke.

»So eine Ferkelei!«, sagt Spitzi.

»Was war denn plötzlich los mit dir?«, sagt Heike.

»Keine Ahnung, mir war halt mulmig«, schwindle ich.

Eher beiß ich mir die Zunge ab, als zu erzählen, wie ich plötzlich solchen Bammel kriegte, Fräulein Reiser zu sehen, die eine Frau ist, aber nur so klein wie wir. Vielleicht muss ich lachen und mich dann grässlich schämen. Oder ich bring kein Wort raus. Am liebsten wär ich weggerannt.

Heike klopft an die Hüttentüre und ruft: »Grüß Gott Frau und Fräulein Reiser, schönen Gruß von den Schlesiern, wir sind die Nauhof-Mädchen, dürfen wir Sie bitte besuchen?«

Langsam öffnet sich die Türe.

Ich nehme Heikes Hand.

Die große Frau mit grauen kurzen Haaren mustert uns und sagt kein Wort.

Spitzi tritt wie immer als Erste einen Schritt vor.

»Ich heiße Thea.«

»Ich Heike«, »Ich Lisa«, sagen wir.

Frau Reiser dreht sich zur Seite und ruft: »Komm.«

Als Fräulein Reiser neben ihr steht, sagt sie: »Meine Tochter heißt Jutta.«

O je, die reicht ihr gerade bis zum Bauch und ihre Beine sind ganz krumm.

»Warum schweigt ihr?«, sagt sie, lächelt, streckt die kurzen Arme vor und lockt uns mit den Fingern.

»Mädchen, wollt ihr Holundersaft?«, ruft Frau Reiser aus der Hütte.

»Ja, sehr gerne«, sagt Spitzi und wir gehen langsam hinter Jutta rein.

Ich trau mich noch nicht, ihr ins Gesicht zu gucken, schau mich um, an den Wänden hängen Kleider, Bildchen, Handtücher, Küchengeschirr, sogar eine kleine Gitarre.

»Für Schränke ist kein Platz«, sagt Jutta, als ob sie weiß, was ich gerade denke.

Die Holundergläser stehen auf dem Tisch und Spitzi macht »hmmm«, nach dem ersten Schluck.

»Dankeschön, Frau Reiser«, sagt Heike und trinkt auch.

Über meinen Glasrand schaue ich Jutta an, die sich auf eine

Kinderbank setzt. Frau Reiser schiebt vom Fenster gegenüber den Holzstuhl an den Tisch und setzt sich auch. Spitzi hockt sich neben Jutta und sagt: »Ich bin vier Jahre und wie alt sind Sie?«

»Schon 31«, sagt Jutta.

»Können Sie schwimmen?«

Jutta schüttelt den Kopf.

»Aber dann können Sie bestimmt Handstand im Wasser und sehr lange tauchen?«

»Nein«, lächelt Jutta, »leider nicht.«

»Ja, können Sie denn überhaupt nichts?«, sagt Spitzi und schüttelt den Kopf.

»Thea, du bist sehr unhöflich«, sagt Heike mit drohendem Zeigefinger.

»Ach lass sie nur«, sagt Jutta zu Heike.

Und zu Spitzi: »Doch, ich kann schon was, Balalaika spielen zum Beispiel.«

Sie steht auf, holt die Gitarre, setzt sich wieder neben uns und beginnt eine wundersame Melodie.

Meine Augen fallen zu. Zarte, bunte Töne schweben in mich rein, wiegen mich eine Weile und tragen mich dann ganz weit fort. Ich fliiiiege. Plötzlich braust ein Gewittersturm in mir, wirbelt mich rum und ich falle von der Bank. Die Melodie bricht ab.

Jutta beugt sich zu mir.

»Hast du dir wehgetan?«

»Nein, ein Gewittersturm war in mir.«

Jutta lächelt.

»Versteh ich gut, aber jetzt komm wieder hoch.«

Lieber würde ich noch ein Weilchen unten liegen, aber Heike sagt: »Die Lisa spinnt schon wieder«, und da bin ich eben hoch, hab' mich auf die Bank gesetzt und trinke auch meinen Holundersaft.

Manchmal schwebt diese wunderschöne Melodie wieder in mich rein. Aber immer nur ganz kurz. Schade.

»Na, wie war's bei der Lili?«, sagt die Bemmerl Rosi beim nächsten Häuselhupfen.

Margit, Ute und Helga grinsen mal wieder ganz fies.

Heike bleibt im Himmel stehen, hebt die Glasscherbe auf, hüpft ordentlich wieder zurück und sagt: »Es ist hässlich von euch, Fräulein Jutta Reiser mit ›Lili‹ zu verspotten und deswegen gehen wir jetzt heim, Servus.«

»Die haben eben vielleicht blöd geguckt«, sagt Spitzi, hebt den Stecken vor uns auf und lässt ihn am Holzzaun entlang klimpern.

»Kommt, wir rennen zu Opa«, sage ich.

Der hatte nämlich vorgestern beim Abendbrot gesagt, als wir von der Schloss-Ruine und von Jutta erzählten: »Wenn ein Kind ›Lili‹ spottet, hört einfach mitten im Spiel auf, sagt ihnen Bescheid und haut ab.«

»Die Braut-Schleppe zu tragen ist eine große Ehre für euch«, hat Oma gesagt.

Aber ich weiß nicht, ob ich nicht doch lieber auch Zehnerl und Fünferl einsammeln würde, die die Karin jetzt vor dem Friedhofsportal in hohem Bogen zu den Kindern schmeißt. Bestimmt ist noch eine Riesenmenge drin im Brautledersäckel, das der Jockel ihr hinhält.

Nach jedem Münzenwurf klatschen die vielen Hochzeitsgäste und rufen vergnügt: »Hoho, zeigt's nur euren Reichtum«, während die Kinder sich beim Einsammeln rempeln und zanken.

Ganz sicher könnte ich die meisten Zehnerl erwischen, weil ich schnell bin, aber jetzt halte ich leider mit Heike und Thea Karins Brautkleid-Schleppe. Na ja, wenigstens dürfen die Streumadl in ihren schönen rosa Kleidchen auch keine Münzen schnappen, weil sie zu Karins und Jockels Familie gehören.

Schon wieder kullern Zehnerl und Fünferl auf dem Boden rum. Die Karin schmeißt und schmeißt und kein einziges darf ich aufheben, weil wir diese verflixte Schleppe halten.

Ehre hin oder her, Zehnerl zu ergattern, wär mir lieber.

Durch das schmiedeeiserne Portal und den Friedhofsweg entlang dürfen Heike, Thea und ich noch mitgehen, aber vor der Kirchentür übergeben wir die Schleppe den Streumadln. So ist es mit Karin ausgemacht, die unbedingt wollte, dass wir ihre Schleppe tragen. Der Pfarrer hat das zuerst nicht erlaubt, weil wir evangelisch und hier alle katholisch sind. Aber dann haben Karin und Jockel es doch hingekriegt.

Mama hat ihre Silberkette mit den zwei verschlungenen Herzen in einen kleinen Samtbeutel gelegt: »Schenkt das bitte Karin, mit herzlichen Glückwünschen zur Hochzeit von der Familie Nauhof.«

Jetzt in der Löwen-Gaststätte holt Karin die Kette raus, zeigt sie Jockel und hängt sie sich erfreut um.

Wir sitzen am langen, blumengeschmückten Holztisch zwischen Karin und Jockels Vater, dem Löwen-Wirt. Die Hochzeitsleute lachen, stoßen an und es wird gegessen und gegessen: Leberknödel- oder Ochsenschwanzsuppe, Schweins- oder Kalbsbraten, riesige Käse- und Wurstplatten.

»Schlingt nicht so schnell runter, sonst wird euch schlecht«, flüstert Heike.

Ich bin pappesatt, aber Jockels Vater sagt immer wieder: »Mädchen, esst doch noch was«, und stellt die Platten zu uns her. Guckt aber gleich wieder woanders hin, so merkt er nicht, dass wir sie zu Karin schieben, die uns zuzwinkert.

Zwischendurch singt ein Mann mit hohem spitzen Hut, bunter Jacke und Ziehharmonika Lieder, die er immer mit »noch ein Gstanzl« ankündigt. Alle sind dann sofort still, aber ich verstehe nur wenig, weil der Mann so plärrig singt, mit plötzlichen Pausen, wonach alle klatschen und fast kreischen vor Lachen.

»Kinder, ihr seht müde aus, wenn ihr mögt, könnt ihr heimgehen, jetzt wird getanzt, das ist langweilig für euch«, sagt Karin.

»Und die anderen Kinder?«, sagt Spitzi.

»Die müssen eben bleiben, das gehört sich so in der Brautfamilie«, flüstert sie.

Ich gähne und sage: »Danke Karin, es war sooo schön.«

»Ja, sehr schön«, sagt Heike und Spitzi nickt eifrig mehrmals.

»Kommt mir nach«, flüstert sie.

Als wir in der Küche sind, gibt sie uns jedem ein Paket und sagt: »Tragt das vorsichtig heim, es ist Hochzeitsessen für eure Familie drin. Sagt der Mama herzlichen Dank für die schöne Kette und grüßt alle.«

Sie umarmt uns.

Jockel, der inzwischen neben uns steht, sagt: »Geht vorsichtig heim mit den Päckchen.«

Er bringt uns noch bis vor die Gaststättentüre.

Junker Frühling ist bei den Amis, Wenni, Matte und Tante Elwina sind in der Schweiz bei Verwandten und Onkel Max wird, wie Mama gesagt hat, »pausenlos von den Amis in Beschlag genommen.«

Damals, beim ersten Schultag von Heike, waren alle hier ...

Na ja, wenigstens hat Junker Frühling mir Cadbury, Kaugummi und eine Cornedbeef-Büchse geschickt für die Schultüte. Von Matte und Wenni ist ein Päckchen mit schweizer Pralinen und Bonbons gekommen. Dazu ein grünes Poesiealbum, wo auf der ersten Seite in sehr schöner Schrift und mit gemalten Rosen und Veilchen steht:

Sei nicht wie das Veilchen im Moose,
Dämlich, bescheiden und rein,
Sei lieber so stolz wie die Rose,
Die stets bewundert will sein.

Zum Schulanfang, liebe Lisa, denken wir an dich und wünschen viel Erfolg.
Herzliche Grüße von
Matte und Wenni

»Diese Buben haben's faustdick hinter den Ohren«, hat Opa gesagt.

Heike flüstert zu Spitzi und mir: »Schon wieder so was Masurisches.«

Wir nicken.

Die Schulglocke bimmelt. Nilsi schreit im Kinderwagen. Mama gibt mir einen Popoklaps und sagt: »Jetzt schieb mal los mit Heike.«

Wir gehen mit anderen Kindern zur geöffneten Schultüre. Auf dem langen Flur sagt Heike: »Ich muss hier rein, das Zimmer für Erstklässler ist weiter vorne, schau, Frau Lehrerin Berger steht schon an der Tür.«

»Grüß Gott. Ich bin Frau Berger«, sagt die Frau Lehrerin als alle Kinder da sind und zeigt jedem seinen Platz. Ich sitze auf der Bank in der zweiten Reihe neben Ulrike. Die Kinder hampeln rum, aber ich bin nicht aufgeregt, weil Heike mir alles erzählt hat. Auch,

dass die Mädchenbänke vor den großen Fenstern stehen, die Buben gefälligst an die Wand gucken sollen.

Die Frau Lehrerin trägt eine goldene Brille, einen braunen Fal-
tenrock mit weinroter Bluse, die sie oftmals mit beiden Daumen in
den Rock schiebt, obwohl die schon im Rock ist.

»Liebe ABC-Schützen, reden oder flüstern während des Unter-
richts ist nicht erlaubt, wer was sagen will, hebt den Zeigefinger,
ja. Und wenn ich etwas frage und jemand weiß die Antwort, hebt
er auch den Finger, ja. So, und jetzt nehmt eure Hefte und Blei-
stifte und malt ein Tier. Wer fertig ist, meldet sich. Ich schreibe
den Namen des Tieres auf die Tafel und ihr probiert ihn abzu-
zeichnen, ja?«

Ich male einen Adler mit Riesenflügeln, schaue zum Fenster
raus, der fliegt in den Wolken, rauf und runter. Zwei Adler kommen dazu, kreisen, fliegen, kreisen.

Jemand tippt zart auf meine Schulter.

»Wie heißt du?«, sagt die Frau Lehrerin Berger.

»Lisa Nauhof.«

»Also Lisa, nicht träumen in der Schule. Was hast du gemalt?«
Ich zeige mein Blatt.

»Und welcher Vogel ist das, Lisa?«

»Ein Adler, Frau Lehrerin.«

»Schön gemalt«, sagt sie, geht wieder nach vorne, nimmt die
Kreide, schreibt etwas auf die Tafel und sagt: »Jetzt Kinder, versucht das mal zu kritzeln. Wenn alle fertig sind, bringt die Hefte
zu mir ans Pult, danach könnt ihr heimgehen. Und morgen dauert
der Unterricht für Erstklässler zwei Stunden.«

Die Bemmerl Rosi ist wieder schuld. Sie hebt jetzt zwar meine
Blechschüssel auf und guckt, als ob ich ihr Leid tue, aber das macht
sie nur, damit sie gut dasteht vor der Frau Lehrerin Bäumer, die
hinter dem Schulspeisenkessel steht. In Wahrheit hat die Rosi
mich heimlich angerempelt.

Jetzt sagt die Frau Lehrerin auch noch: »Lisa, du bist aber ungeschickt, musst schon die Schüssel mit der Kartoffelsuppe fest-
halten.«

Noch dazu schüttelt Heike den Kopf über mich.

»Lisa, komm her«, sagt die Frau Lehrerin und gibt mir einen
neuen Schöpflöffel Suppe.

»Danke sehr. Ich bin aber nicht ungeschickt, Frau Lehrerin Bäumer, sondern die Bemmerl Rosi hat mich geschubst.«

»Was? Was hab ich? Also so eine Frechheit«, plärrt die Rosi.

Und Jobst, der mit der Bemmerl Rosi gemeinsam Heike und mich auf dem Schulhof triezt wie nur sonst was, Jobst sagt ganz laut: »Frau Lehrerin Bäumer, die Lisa lügt. Ich stehe immer bei der Rosi, und wenn sie Lisa schubst, sehe ich das. Die Lisa lügt.«

»Jetzt reicht's aber mit euren Gemeinheiten, die Lisa lügt nicht«, schreit Heike und tritt dem Jobst auf den Fuß, dass er aufjault.

Alle Schüler sind still.

»Kinder, hört auf zu streiten. Lisa, du hast eine neue Suppe und nun ist Ruhe. Renate, komm zu mir her«, sagt die Frau Lehrerin, schöpft Suppe in Renates Schüssel und gibt ihr Brot dazu.

Während Heike und ich abseits von den Kindern am Schulzaun Kartoffelsuppe löffeln, schlendert Jobst mit seiner Brotschnitte vorbei und zischt Heike zu: »Na warte, dir werd ich's noch zeigen, du widerliche Flüchtlingsziege.«

Beim Rechnen, beim Schreiben und sogar noch in der Turnstunde muss ich immer wieder an den bösen Blick vom Jobst auf Heike denken und mir ist bang, was er ihr wohl antun will. Gott sei dank sind Jobst und die Bemmerl Rosi auf dem zweiten Stock, er in der vierten und sie in der dritten Klasse. Da können sie Heike und mich nicht auch noch in den kurzen Pausen piesacken.

Gestern am Mittagstisch hat Oma gesagt: »Ja, das ist eine schlimme Situation für euch mit dem Jobst und der Bemmerl Rosi.«

»Besonders hart, weil kein einziges Bauernkind euch zur Seite steht. Sie werden immer alles abstreiten und deswegen sind auch die Lehrerinnen machtlos«, sagte Opa.

»Es ist nun einmal so, ihr seid Flüchtlingskinder, anders als die Bauernkinder. Deswegen hacken sie auf euch herum. Bei den Pinguinen zum Beispiel ist es ähnlich. Wenn dort ein weißer Pinguin auftaucht, hacken ihn die anderen oder vertreiben ihn, weil er anders ist als sie«, sagte Mama

»Im Zoo in München ist kein einziger weißer Pinguin, solche gibt's nicht.«

»Thealein«, hat Oma gesagt, »nur ganz selten gibt es einen weißen Pinguin und der ist dann nicht im Zoo, sondern weit weg, am Südpol. Aber bestimmt ist da jetzt keiner, weil der längst abgehauen ist, verstandibus?«

»Ich weiß, das kann in die Hose gehen, aber wir müssen es trotzdem versuchen«, flüstert Heike als Mama nach dem Gutenachtkuss die Tür hinter sich geschlossen hat.

»Was denn?«, sagt Spitzi.

»Der Jobst ist ein böser Bauernlümmel«, sagt Heike. »Und heut beim Mittagessen hat doch Opa wieder aus deinem Poesiealbum das Gedicht von den Buben vorgelesen. Da habe ich Matte und Wenni in der Küche gesehen.«

»So richtig gesehen?«, sage ich.

»Ja, schon«, sagt Heike.

»Und was haben die gesagt?«, flüstert Spitzi aufgeregt.

»Nichts, die haben nur geguckt und sind gleich wieder verschwunden.«

»Bestimmt zu ihren Verwandten in die Schweiz«, sagt Spitzi.

»Ist mir piepschnurz wohin. Wichtig ist, dass wir, genau wie Matte immer, uns einen Plan ausdenken. Diesmal gegen Jobst, denn er ist unser Feind.«

»Wir machen ihn dingfest«, sage ich.

»Pssst, nicht so laut«, flüstert Heike. »Den ganzen Nachmittag habe ich keinen Plan gewusst, bis wir am Fußballplatz vorbeigekommen sind, wo doch Jobst im Tor sofort gebrüllt hat, ›Mädchen haut ab, Fußball ist Männersache‹.«

»Dieser gemeine Brüllaffe«, sagt Spitzi.

Heike flüstert weiter: »Plötzlich weiß ich einen Plan, aber nicht so ganz deutlich, und ob wir den auch hinkriegen, weil es stockdunkel sein muss.«

»Wie bei Junker Frühling, wenn wir spazieren gehen.«

»Siehst du Lisa, darauf bin ich dann auch gekommen. Und Junker Frühling gibt uns bestimmt sein Ehrenwort, dass er niemandem was erzählt.«

»Und schwört«, sagt Spitzi.

»Jetzt passt gut auf, der Plan ist folgender«, sagt Heike im selben Ton wie Matte: »Junker Frühling besucht uns immer an einem Samstag. Mama weiß das zwei Tage vorher durch einen Brief von ihm. Wenn sie uns das nächste Mal erzählt, dass er kommt, sammeln wir in drei Badehandtüchern, die wir aus der Kommode stibitzen, Pferdeäpfel und getrocknete Kuhfladen ein.«

»So eine Ferkelei kannst du alleine machen«, sagt Spitzi und mir graust es auch.

»Jetzt halt gefälligst den Mund und hör den Plan zu Ende an«, sagt Heike.

»Also: Wir sammeln so viel wir können, verstecken dann alles im Maisfeld, wo wir sowieso immer Samstagnacht auf unserem Spaziergang mit Junker Frühling vorbeikommen. Er braucht dann nur ein bisschen auf uns zu warten und wir schleppen im Dunkeln die Pferdeäpfel und Kuhfladen ins Fußballtor. Wenn die Buben dann wie üblich Sonntagvormittag spielen, steht der Jobst im Fußballtor voll Kacke und keiner weiß, dass wir die hingetragen haben.«

Ich knutsche Heike so richtig ab.

Und Spitzi sagt überhaupt nichts mehr.

»Das ist aber heute ein ungemütliches Sonntagsfrühstück mit euch Mädchen«, sagt Mama.

»Ja. Wieso zappelt ihr so rum und guckt ständig auf die Küchenuhr?«, sagt Oma.

»Also, was ist los? Raus damit«, sagt Opa.

»Nichts, überhaupt nichts, nichts«, schwindeln wir und halten uns jetzt ganz besonders still.

Papa schaut uns mit ernster Miene an, aber seine Augen funkeln.

»So ein schönes Herbstwetter«, sagt er, »da wollt ihr sicher in den Wäldern schweifen oder zur Alten Mühle, hab ich Recht?«

»Ja, gerne, und wie«, sagen wir.

Ich gucke Papa dabei lieber nicht an, sonst muss ich kichern und das ist jetzt nicht gut.

»Zieht eure warmen Jacken an und die Socken, die im Flur liegen«, sagt Oma und Mama kommt uns nach und passt auf.

»Also, bis ein Uhr zum Mittagessen seid ihr bitte wieder da«, sagt sie und wir zischen ab.

Diesmal gehen wir die obere Straße entlang. Das ist zwar ein Umweg, aber wir wollen uns verstecken. Vom Schreiner aus hören wir die Buben auf dem Fußballplatz schon brüllen.

»Schnell, schnell«, sagt Heike.

Wir verbergen uns zwischen dem Gebüsch am Zaun von Meiers,

vor uns der Weg und der schmale Bach, dann das Fußballtor. Jobst ist noch nicht hier, ein paar Buben spielen auf dem Platz.

Jetzt hat einer den Fußball bis kurz vors Tor geschossen, alle rennen hinterher, der Peter tritt den Ball rein, läuft hin, will ihn aufheben, weicht zurück und schreit: »Pfui, bäh! Das Tor ist voller Scheiße!«

Wie verhext bleiben alle schlagartig stehen und glotzen auf den Torboden.

Endlich kommt von links Jobst.

»Jobst, das Tor ist zugeschissen!«, ruft Klaus.

»Quatsch«, brüllt der, rennt hin, starrt auf die Kuhfladen und Pferdeäpfel und schreit: »Nein, nein, mein Tor versaut, verdammt nochmal!«

Er tritt gegen Pferdeäpfel, die in der Luft zerbröseln und brüllt: »Das war kein Pferd und keine Kuh, das waren die Nauhof-Schweine.«

Rasend vor Wut versucht er mit den Füßen Kuhfladen und Pferdeäpfel aus dem Tor zu schieben, rutscht aus, fällt in die Kacke und die Buben lachen laut.

Heike und ich halten Spitzi den Mund zu und pressen prustend unsere Lippen zusammen.

Sauwütend brüllt Jobst: »Kommt sofort her und räumt die Scheiße aus dem Tor, los, sofort.«

Die Buben lachen ihn aus. Er wirft mit Pferdeäpfeln nach ihnen, sie rennen weg und rufen: »Der Jobst ist deppert.«

Wie außer sich haut und tritt er gegen die linke Torlatte, dann läuft er den Buben hinterher.

Spitzi sagt leise: »Ich hab vor Lachen in die Hose gepieselt.«

»Schweineweib«, flüstert Heike liebevoll.

Schnell laufen wir nach Hause.

In der Diele hören wir Mama: »Was? Ihr seid schon zurück?«

»Es war zu kalt«, ruft Heike und wir gehen rasch in unser Zimmer, ziehen Spitzi die nassen Sachen aus und neue an.

Gerade als wir das Mühlespiel beginnen, kommt Papa und flüstert: »Na, wie war das Geheimnis?«

»Hochvorzüglich«, feixt Heike.

Spitzi und ich feixen mit.

»Hochvorzüglich«, lächelt Papa und setzt sich zu uns.

———

»Na ja, die Oktoberstürme halt«, sagt Oma, als zwei Fensterläden besonders laut klappern.

Wir sitzen gemütlich in der Küche. Die Großen trinken Tee, wir Kinder Milch und Nilsi nuckelt am Schnuller.

Es klingelt. Mama steht auf und öffnet die Tür.

»Grüß Gott«, sagt der Bürgermeister, »darf ich reinkommen, wenn's recht ist?«

»Ja freilich, Herr Bürgermeister, setzen Sie sich zu uns.«

Mama schenkt ihm Bier ein, der Bürgermeister macht eine ernste Miene und Opa sagt: »Kinder, geht bitte in euer Zimmer und wer beim Mensch-ärgere-dich-nicht-Spiel gewinnt, kriegt ein Zehnerl, ja?«

»Als ob wir nicht merken, dass er uns loswerden will«, sagt Heike muffig und macht die Kinderzimmertür zu.

»Das ist mir piepswurscht, jetzt spielen wir sofort um das Zehnerl«, sagt Spitzi.

Ich hole das Mensch-ärgere-dich-nicht-Spiel und wir würfeln wer anfängt. Heike gewinnt. Nach einer Weile sagt sie: »Also jetzt schon zum dritten Mal, hör endlich auf damit«, weil Spitzi immer den Würfel vom Tisch kullern lässt.

»Psst, psst«, sage ich.

Wir lauschen, weil die Küchentür geöffnet wird.

Der Bürgermeister sagt in der Diele: »Also nichts für ungut, Frau Nauhof. Und Servus miteinander.«

»Servus, Herr Bürgermeister«, sagt Heike, als wir hinter ihm stehen.

Er dreht sich um, lächelt: »Servus. Mutig seid ihr Mädchen.«

»Freilich, Herr Bürgermeister«, ruft Spitzi dann an der Haustür, während er das Hoftor hinter sich schließt.

Er winkt und geht den Weg abwärts.

»Mama, wieso hat der Bürgermeister das zu uns gesagt?«, sagt Heike.

»Weil es stimmt«, sagt Oma lächelnd.

Wir gehen ins Kinderzimmer und spielen weiter. Heike gewinnt, läuft zu Opa und der gibt ihr das Zehnerl.

Am Sonntagnachmittag hocken wir drei zwischen anderen Kindern im Löwen-Gasthof in der zweiten Reihe. Oma, Opa und alle Erwachsenen sitzen auf den hinteren Holzbänken. Mama ist mit Nilsi zu Hause geblieben.

»Er schreit vielleicht während der Wochenschau«, hat sie gesagt.

Wochenschau. Ich bin ganz aufgeregt, was da wunders wohl gleich losgeht auf der riesigen Leinwand vor uns. Auch die anderen Kinder rutschen auf den Bänken rum und reden durcheinander. Natürlich thronen Jobst und die Bemmerl Rosi in der ersten Reihe, aber Gott sei dank weit rechts und wir ganz links. Vor uns Berni, Ulrike und Peter. Neben uns Monika und die Brüder Stefan und Harald, die Kaugummi von den Amis kauen. Heike, Spitzi und mir schmeißen die auch immer Kekse, Kaugummi, und wenn wir Glück haben eine Cadbury aus ihren Lastwagen.

»Stellt euch vor, mir haben die Amis gestern gleich zwei Cornedbeef-Büchsen zugeworfen«, sagte Frau Lehrerin Berger am Montag.

Später hat sie »Wochenschau« an die Tafel geschrieben und erklärt: »Am Sonntag um 16 Uhr können wir in der Löwen-Gaststätte die Wochenschau sehen. Erwachsene müssen 50 Pfennig Eintritt zahlen und Kinder ein Zehnerl. Wochenschau nennt man einen Film, in dem uns gezeigt wird, was so im Großen und Ganzen in der letzte Woche geschehen ist.«

Gerade zieht Jockel die braunen Vorhänge zu, geht nach hinten, knipst das Licht aus und ein Apparat surrt. Auf der Leinwand erscheinen weiße Kleckse, die grell flimmern. Ich halte die Hand vor die Augen und gucke zwischen den Fingern durch. O, ganz große Frauen mit Kopftüchern schleppen Steinbrocken an verkohlten Hauswänden vorbei. Eine laute männliche Stimme berichtet von Aufräumarbeiten nach dem Krieg. Ächzend legt eine Frau ihren Steinbrocken auf den Boden, winkt mir zu und lächelt, aber so, als ob sie das eigentlich nicht will. Plötzlich gehen vier ältere Männer in dunklen Anzügen so richtig würdevoll die Steintreppe hoch zu einem Gebäude und die Stimme nennt ihre Namen. Dazu sagt sie etwas, was ich nicht verstehe. Macht nichts, ich gucke den vier wichtigen großen Männern zu, die nacheinander im Portal verschwinden. Jetzt schauen auf einem Bahnhof viele Menschen hin und her. Einige halten Schilder hoch. Ich kann die nicht lesen, geht zu schnell wieder weg.

Ein Mann mit verbundenem Kopf steigt aus dem Zug, guckt sich auch um.

Zu dem mit einer Armschlinge kommen vier Frauen, die ihn umarmen und küssen und lachen und weinen und er weint auch und lächelt.

Die Stimme sagt: »Überglückliche Russland-Heimkehrer.«

Da stehen drei, die hundemüde aussehen, besonders der mit nur einem Bein stützt sich auf den Mann neben ihm.

Heike schluckt und flüstert: »Dem haben sie im Krieg das Bein abgeschossen, wie dem Jockel seinen Arm.«

Ich bin auch traurig, schaue zu Spitzi, die hält beide Hände vors Gesicht.

»Kinder kommt, wir gehen«, ruft Opa von hinten und einige machen: »Pssst, pssst«.

Plötzlich ist die Wochenschau aus und wir sitzen im Dunkeln.

»Weitermachen«, schimpft einer, und andere auch.

Das Licht geht an und Jockel ruft: »Heike, Spitzi, Lisa, wollt ihr gehen?«

»Ja«, rufen wir.

Opa holt uns ab. Wir gehen über den Seitengang nach hinten und während er die Gaststättentür öffnet, macht Jockel das Licht wieder aus und ich höre die laute Stimme von der Leinwand weiterreden.

»Nie wieder gehe ich in eine so traurige Wochenschau«, sagt Heike.

Nie wieder, denke ich.

Spitzi sagt nach einer Weile: »Der arme Mann mit dem weggeschossenen Bein hat bestimmt eine liebe Frau.«

Oma gibt uns die Mäntel, die sie vorhin schnell vom Garderobenständer geholt hat und Opa sagt: »Bestimmt Spitzi, du hast doch gesehen, wie gleich vier Frauen den anderen Heimkehrer umarmt haben.«

Oma knöpft Spitzis Mantel zu.

Opa atmet tief ein und wieder aus, mit einem langen »Ooooo«.

Oma schaut ihn lieb an. »Gräme dich nicht, Stefan, wer konnte das ahnen? Kinder waren doch zugelassen.«

Fröstelnd schlägt sie ihren Mantelkragen hoch.

»Schätzlein, wenn ihr mögt, erzähle ich euch auf dem Heimweg das Märchen vom lustigen Koboldkind.«

»Bitte Oma, bitte lieber das vom Meister Frost«, sagt Spitzi.

»Lisa, Heike, wollt ihr das auch hören?«, sagt sie.

Wir nicken.

Und Oma fängt an:

»Es war einmal ein uralter Mann, der hatte in seinem langen weißen Bart viele Eiszapfen und statt Haaren lag ein Schneepolster auf seinem Kopf. Meister Frost nannten ihn die Tiere, Wälder, Bäche, Blumen und Wiesen. Und wenn sie manchmal im Sommer an ihn dachten, schüttelten sie sich und machten brrrrr. Jetzt saß er wieder auf seinem Schneeschlitten, zog die Zügel an und rief den vier Eispferden zu, los, rennt und saust über's Land, zeigt was ihr könnt. Wir sind heuer spät dran, es ist schon Mitte November ...«